이예준

각자의 불완전함이
함께할 수 있는 이유가 되어

재언

스스로의 감정에
너무 깊이 잠겨있지 않기를

글과 음유로 그대와
이어지길 고대합니다!

낯선 아침이 오면
숨길 꽃이 있습니다

flower to hide when an unknown morning comes

시, 흐르다 052

이예준
재언
김새미
양희진
오준희

이예준

다시 겨울이 오고 있습니다.
제 시가 따뜻하지는 않을지라도
다소 이르게 오는 밤에 곁을 지켜줄
옅게 빛나는 등이 될 수 있다면 좋겠습니다.

그래서 우리가 알지 못하는 아침이 와도
슬픔이, 변화가, 고통이 슬며시 다가와도
시집의 소제목처럼 언젠가
담담히 감당해낼 수 있기를 바랍니다.

외로움은 우리의 반려입니다.
저는 그것에 익숙해지지는 못하더라도
어느 정도 함께하는 법을 배우게 되었습니다.
여러분도 각자의 터널 안에서 부디 담대해지시기를.

instagram @ yejoona

『담담하게 우는 새처럼』

재언

묻는다면,

나는 이른 새벽 도시의 경계를 흐트러 놓는 안개입니다

고개를 빳빳이 세운 설익은 소년의 벼이며

걸려 넘어질 발목이 없는 바람입니다

비와 눈물로 자라난 나무들에

발길이 닿지 않아 무성해진 숲입니다

당신은 나를 나무라고 부르더군요

뿌리가 깊게 박혀 벗어날 수 없을 거라고,

걱정하지 마세요 저는 제 몸을 베어 굴러갈 겁니다

흩어진 잎과 열매가 닿는 곳마다 제가 있으니

저를 숲이라고 부르는 게 맞지 않을까요

instagram @jae_un_k

『빛과 눈물로 피어나는』

김새미

평소 시니컬하고 로봇 같다는 얘기를 많이 들었는데 로봇도 감정이 있기에 내가 지금까지 살며 느꼈던 것들을 이 시에 담았다. 전에는 평범한 일상을 보내면서 어떤 일이 있어도 누구나가 겪는 일이라며 그렇게 넘겼는데, 생각해보니 누구나 겪는다고 그게 당연한 일이 되는 것은 아니었다. 당연하지 않은 일을 당연하지 않은 일로 기억하기 위해, 그때의 감정을 위로하고 추억하기 위해, 내 마음을 담아 한 글자씩 써 내려갔다. 긴 인생을 살아온 것은 아니지만 지금까지 살면서 느꼈던 희로애락과 경험, 추억을 필터링 없이 순수의 감정 그대로 담았다. 가끔은 시니컬하고 부정적이고 무정하지만 어쩔 땐 서정적이고 감성적이고 감정적이다. 하지만 이 모순되어 보이는 모든 것들이 나이기에 가감 없이 나를 담아 이 시를 써 내려갔다.

instagram @sam_saemi

『기차에서 만난 이방인 현상』

양희진

오늘도 담담히 울었습니다.
그 눈물은 종이 위를 구르다 말라갑니다.
혼자 우는 것이 억울해서,
약간의 애틋함과 투정을 담은 말로 적었습니다.

'글'의 가치는 무엇일까요.
공감을 얻는 글이 좋은 글일는지요.
사실 답을 찾지 않을 생각입니다.
그러나 이것만은 궁금합니다.
내 글은 당신에게 감동을 줄 수 있을까요.
알 수 없으나, 이 말은 그대와 나를 위한 편지입니다.
빙빙 돌린 이 말이 위로가 될 때
그대와 나의 영혼은 비로소 닿은 것입니다.

계절과 파도와 우주를 빌려 전하는 이 말들이 닿을 날까지
나는 이 자리에서 묵묵히 견딜 생각입니다.
그리고, 기회가 된다면 지친 그대를 안아주고 싶습니다.

instagram @yangjerry42

『그러니까, 우리는 별에 편지를 보내자』

오준희

24세의 철없는 시인.

글을 사랑하며, 낭만을 좇는

평생을 철들고 싶지 않은 사람.

시인이라는 말에 쑥스러워하며

시인으로 평생 남고 싶은 사람.

instagram @drawer._.kim

『나는 아직 그 꽃의 이름을 모른다』

이예준

『담담하게 우는 새처럼』

시인의 말

담담하게 우는 새처럼
세미하게 비치는 들의 빛처럼
잔잔하게 흔들리는 강의 수면처럼

그저 그 자리에 존재하며
살아가는 것들의 형태

시린 하늘을 바라보며
남몰래 간직한 애상과 환희
더는 독백이 아닐
미숙하고 아름다운 자백

성공한 크레덴다

눈을 높게 뜨는 법
으스러진 날개뼈의 조각을 맞추는 법
땅이 기각한 이삭을 주워 다시 심는 법

이러한 것들을 나는 모른다

나쁜 생각은
새하얀 살결 위 두드러기처럼 번진다
정수리가 욱신거리고 위장이 세 번 꼬인다

불안은 습한 곳을 좋아하여
포자의 형태로 번식하고
나는 막 낳은 알을 품는 암탉처럼 행동한다

무슨 생각해
그냥
그냥

안개처럼 뿜어대던 어제의 비
젖다 말랐다 하며 끝내 울던 노트와 푹 젖은 양말
그런 것이 나를 한없이 비참하게 만든다

한때 안다고 자신했다
독이 있는 버섯과 없는 것은 일란성 쌍둥이
천천히 입술을 닫는다

미간 위의 삼도천
견디는 자들의 증표이자 이정표
너무 많은 메아리는 태산도 깎아내린다

그런 이유로
당신은 패배자야
합리적인 나는 금방 이해한다

자정 이후의 밤은 너무 넓어서
월세가 밀린 영혼은 아주 초라해지고 만다

1평짜리 방

여름의 끝에서
다 식은 추억을 만지작거린다

기억은 젖은 흙냄새가 나고
먼발치에서 아이들이 웃는 소리

살갗에 닿는 공기는 후덥지근하며
화장실의 물때는 미끌거린다

종종 방 안에 혼자 있으면
아무도 없는 수영장에서 넘어진 기분이 든다

열대어도 감기에 걸릴까
아플 땐 누가 간호해 줄까

날파리가 손목 위에 앉았다 떠나고
찝찝한 물음만 머리를 맴돈다

파랑새

땅에 닿을 듯 말 듯 하게 나는 파랑새
햇마루의 볕은 나를 슬프게 한다
이루어보지 못할 것을 쥐려고 해서

선선한 저녁 공기의 폭력성
대기에 머물러 있는 잔향은
곧 떠나보내야 할 것들의 냄새

가을에는
사람들이
떨어진 파랑새를 수확한다
낙엽처럼 도축되어 굴러다니는 그것을

아, 카르마 그 웅대한 무자비
순번을 기다리는 이탈자들을
결대로 찢어 입에 넣는 사투르누스

당신이 선 줄이 줄어들 때
나는 남은 허물을 더듬더듬 줍는다
그들 중 목 없는 새가 너무나 새파래서
뜻 없이 원하는 나를 절망하게 한다

똑딱이는 것도 쉬어야 해요

쥐스틴 거기 있어요?
혼자만의 공터에서 나 좀 만나요

눈물 마른 자국이 세로로 죽 나 있어도
부디 용서해 주어요

어딘가 슬퍼 보이는 표정을 하고
대답을 하지 않아도 용서해 주어요

아무것도 묻지 말고
오늘은 내 이야기를 들어줘요
세계와 연결을 끊고 나하고만 있어요

물 먹은 잠 속 몸뚱아리를 질질 끌고 들어가요
자꾸만 벚꽃잎만 한 크기로 조각조각 흩어져요

어릴 때부터 잠을 잘 못 잤어요
따뜻하게 데운 우유에 꿀을 넣어도 안 와요

나의 고향은 이제 없어요 돌아갈 곳 없지요
서운하도록 차가운 밤에 도망쳐 나왔어요

모르는 꽃을 뜯어 꽃점을 보았어요
나를 사랑하지 않는대요 당연하지요

나도 나를 사랑하지 않아요
대충 풀로 붙여주던가 해주세요

구름마다 속도가 달라요
내 구름은 너무 멀리 있고 너무 느려요

혼자만의 공터에 드러누워요
쥐스틴 당신은 나를 버리지 말아 주어요

비가 와요 눈이 와요 해가 비추어요
전부 눈에 담아요
그러다
나를 꼭 안은 이 자세 그대로
눈만 지그시 감아요

누구도 찾지 않는 곳에서 우리 그대로 있어요
바람만이 잔잔히 물결치는 숨을 수거해 가요

나에 대한 검열

산책은 돈이 들지 않아서
걷다 보면 잘 모르는 동네까지 간다

운동화 밑창을 죽죽 끌며
한없이 유치해지기로 한다

봉긋하게 솟은 화단에 우산을 발사한다
회양목의 잎을 떼어 햇빛 아래 대어 본다

식물에도 핏줄이 있다
살아가는 것들을 관찰하는 나무처럼 우두커니 선다

나무가 되면
뇌가 축축해지도록 나를 들여다보는 일에서
잠시나마 해방된다

억지로 균형을 비틀어 균열을 만들곤 했다
나를 잘라냈다 붙여냈다 하는 일이다

희망의 질감이 느껴지는 시는 어떤 시일까
무언가를 바라는 등줄기는 괜스레 시큰거린다

해맑은 미소를 가진 남자아이의 다리에
선명한 모기 자국이 두어 개 나 있다
한여름은 허락도 맡지 않고 온다

일부러 임무를 완수하지 않는 용사처럼
준비가 되지 않은 것을 썼다 지운다

다시 나무가 되어야겠다
생각이 너무 많아 발이 고랑에 빠졌다

아무도 뒤에 없는 것을 슬쩍 확인하고는
내 마음대로 지은 음을 갖다 붙인
노랫말을 중얼거린다

결코 잃어버리지 않아
결코 잃어버리지 않아

서글픈 덩어리가 땡볕 아래 고고하게 서 있다

멈춘 바퀴

고매한 그대의 의식에 반하는
우매한 주먹의 떨림, 아 떡심도 좋지
구르다 못해 아주 그냥 두들겨 맞고

몇 년이 지나고
멍든 몸을 일으켜 구멍을 들여다보면
거기 퀴퀴하고 추한 형체가 쭈그려 있네

더 잘라낼 것이 없는 도마뱀처럼
불임 선고를 받은 참매미처럼
멍하니 아주 멍청한 형색으로

페르시안과 페르소나

꿈에 키우던 고양이가 죽는 불쾌함
새하얗고 보드라운 가공의 페르시안

하루에 백 두 번씩 쓸고 매만져 주었습니다
딱딱하게 굳어 제게 주어진 생을 다할 때까지

머리가 깨지도록 소리 내서 울었는데요
깨 보니 눈물 한 톨도 안 흘리고 바삐 기상

그런 본질적인 공허함을 게워 내는 법
화창한 자신의 냉담과 속히 화해하는 법이란

그저 뜨고 붙이고 감고 살아가는 것입니다
모두가 그렇고 나 역시 그런 양으로 살아갑니다

싫어하던 캔디도 성의껏 돌려 핥다 보면
날름 파낸 혀의 껍질이 생각보다 달더군요

마르고 투명한 밤 반듯이 깐 요 위에 누우면
한때 사랑했던 이들과 일순간 사랑해 마지않던
페르시안 고양이의 쭉 뻗은 척추가 떠오릅니다

욕심

마음 따뜻하게 데워 놓았어요
와서 몸 녹이고 목도 축이고 가시지요

단선적인 나의 고동
한 방향으로만 뜀박질해요

나도 알지요,
분수에 넘친다는 것이 무엇인지

미련하지요

너무 더운 마음에는
물고기도 화초도 살지 못하는데도요

델피니움

추운 날 당신에게 발릴 시멘트 해도 될까요
구멍 뚫린 당신의 틈을 나로 메울 수만 있다면

비 온 뒤 땅은 예쁘고 튼튼하게 굳습니다
그러나 비가 너무 많이 올 때는 어떡하지요

당신은 그러쥐어도 자꾸만 쓸려가는 모래 같고요
날마다 달님에게 이끌리는 조수(潮水) 같아요

매년 돌아오는 그날이 되면
당신은 나로는 불충분해집니다
큰 산에 땅굴을 파고 들어가
마냥 웅크리고 싶은 기분입니다

당신이 키우던 물고기는 뭍에서 죽었습니다
간만의 차가 너무 커
거기도 제 땅인 줄 알았습니다

강아지풀

방긋방긋 웃는 작은 뺨을 간지럽히는
보드랍고 까슬한 유년의 생령

활기찬 아이가 두 손 모아 인사를 한다
횡단보도를 건널 때에는 손을 높이 든다

달리는 걸음마다 폭신한 강아지풀이
보송보송하게 돋아나는 천진함

그맘때의 어린아이들은 하루가 다르다
아이는 내일 더 달라지기 위해 자라난다

문득 어렸던 너를 떠올린다
더없이 소중히 여겨도 놓치게 되는 순간

강아지풀은 어디에서나 뿌리를 내리지만
춥고 건조한 곳에서는 자라기 힘들다

나에게도 그게 났던 흔적이 있나 어디로 갔나
돌연 흙에 머리를 처박고
땅강아지처럼 팠던 곳을 또 파기도 한다

가끔은 왔던 길로 되돌아가 보는 것도 좋다
엄마와 아빠가 세 갈래로 땋아준 머리카락

대문 틈으로 살짝 삐져나온 백구의 새하얀 털
또 할아버지 묘 위 빼꼼하고 난 이름 없는 풀

맑은 날 새털구름처럼
한순간 물에 개듯 사라지는 걱정

강아지풀이 소녀의 뇌주름을 간질인다
세상을 다 가진 듯이 웃어 보일 때가 있었다

Le Papillon

하얀 자작나무 숲으로 가자
봄에도 얼음비 내리는 고요한 들판으로

사르르 맺히는 얼음 결정을 훑어내면
붉은 땅 위 검은 머리 여인이 있다

그녀는 다른 차원에서 온 전사
동양의 객마저 끌어당기는 해방의 기사

빗지 않아 동서남북으로 뻗친 머리
어린아이가 또박또박 말하는 듯한 순수함

바위에 붙은 이끼에도 애정을 갖는 골똘함
쏟아지는 빛 아래 역동적인 몸짓이 섬세하다

그녀가 나를 응시하고 나는 손쉽게 매료된다
닿을 수 없는 신화를 영과 육이 탐한다

태양을 머금은 입술로 화합을 노래하는 비범함
예측할 수 없는 음계로 자아낸 비현실적 현실

압도하는 파동에 가만히 몸을 맡기면
사천오백 해리는 고작 두 뼘의 거리가 된다

시간과 공간과 언어의 입장을 뛰어넘어
시리도록 따뜻한 오로라와 교감한다

나의 일부와 전부 나의 부드러운 활화산이여
작은 두 팔로 세계를 껴안은 당신을 사모한다

지치고 여윈 때 길 잃은 영혼을 따다 보내면
팔랑거리는 나비가 되어 당신의 낙원으로

나를 미워하는 당신에게

슬픔에 체를 받치고 고운 입자를 내보내면
뒤섞인 것들 사이 유독 큰 당신이 눈에 띕니다

내 지나치게 감상적인 성정은 또다시
당신이 내비치는 뜻 없는 눈빛마저 원망합니다

당신의 예쁜 입술로 내는 엷은 조소는
무거운 추가 되어 뒷목을 뻐근하게 하고요

당신의 미간 사이 괭이로 파낸 듯한 주름은
튼튼한 포승줄이 되어 내 마음을 결박하지요

나의 절망을 새끼손가락으로 찍어 맛을 본다면
고소한 땅콩 맛이 나리라 생각합니다
그래서 놓을 수 없을 것이라 생각합니다

아, 그렇다면 내가
나를 미워하는 당신을 놓아 드리겠습니다

유리 벽에 박치기해대는 새를 위하여
눈에 띄는 곳에 과녁이 될 나를 그려 넣겠습니다

더욱 훔치기 쉬운 날개옷을 두고 가겠습니다
더욱 힘차게 부러뜨릴 수 있는 부럼이 되겠습니다

매일 밤 당신의 꿈속에서 골리앗이 되는 나를
쓰러뜨리고 무너뜨리고 더 크게 성장하십시오

그토록 나를 갈구하고 또 갈구하다 보면
언젠가는 나를 돌파해낼지도 모릅니다

그렇게 영원히 당신의 짝사랑을 집어삼키며
영원히
당신의 사랑에서 자유해지도록 하겠습니다

당신을 미워하는 나에게

눈이 폭풍처럼 쏟아지는 새벽
날붙이는 쓸릴수록 예리해지고
누군가의 상상은 이리도 잔인하다
방치된 계단에 문대진 얼룩을 따라

썩은 내장에 싹틔우는 씨앗
가장 안쪽부터 벌레 먹은 사과
꿈꾸는 주름의 나선형 저주
속 깊은 증오는 영리하기도 하구나

빠르게 소진해 없애야 할 테지
깊이 더 깊이 틀어박힌 결단과
무용한 것들에 기뻐하는 자아를
어떤 벌레는 귓밥을 먹고 큰다네

추념

거무죽죽한 고깃국의 구질구질한 맛
타는 재와 솟아오르는 향 세 개
불편하도록 익숙한 마음 안의 이국

푹 익은 원념이 밟혀 썩는 무거운 공기
점 한가운데서 두 눈을 감고 잠든 당신
어떤 말도 덧붙일 수가 없다

유기되는 살덩이
육이 되는 살덩이
피부에 닿는 모든 절망에서 사랑이 느껴진다

코로 넘어가는지 입으로 넘어가는지
나는 그 비참한 사랑이 빠르게 없어지도록
한술 떠서 마시듯 욱여넣고
막상 체할까 꼭꼭 씹어 삼킨다

케케묵은 이야기

진밥을 뒤적거리며
밥에 든 콩을 하나하나 골라낸다

무거운 순정은 붕 뜬 풍선을 놓치고
밥그릇에는 갖기 싫은 운명만 가득하다

가라앉히는 마음은 초록일까 보라일까
언제 생긴 지 모르는 멍이 유독 오래 간다

저무는 사람들과 반대 방향으로 걷는다
이따금 홀로 과거에 사는 사람 같다

기억에 군살이 껴 걸음까지 뒤뚱거린다
돌리는 이 없는 방치된 태엽 인형

그때도 지금도 한결같이 겁이 많다
술안줏거리도 못 될 시시한 인생이다

졸아든 마음에 걸쭉한 곰팡이가 핀다
시큼한 냄새가 나는데도 버리지 못한다

무로맨틱한 헌신

사랑을 믿지 않습니다
그래서 비 오는 날도 싫어합니다
뒷맛 남기는 것이 똑 닮았거든요
흐름성 있는 것들에 무신경합니다
그저 살가운 바람에 살갗이 에지 않도록
늘 한 겹씩 더 걸치고 다닙니다

나를 오랫동안 찾지 않아도 좋습니다
달뜬 밤 밀회를 하다 늦어도 좋습니다
땅끝까지 곤두박질쳤다 올라와도 됩니다
다만 편도 말고 왕복 티켓을 사놓겠다고
그것만 손가락 걸고 약속해 주시기를

비가 오다 말다 하는 날에도
한낮에 잠에서 깨 눈물 흘리는 날에도
나는 다그치지 않겠습니다
낮보다 따사로운 밤색 눈동자로
밤새 발자국 하나 없는 뒷산을 응시하다
당신이 입 밖에 내고 싶어 견딜 수 없는
어떠한 비밀이 생기기를 기다립니다

꽃을 향한 연민

즐거이 노는 꼬마가 나비의 날개를 찢는다
누군가의 지적 호기심에 세계는 휘어진다

다친 나비가 힘을 다해 날아간다
바람 불면 날아갈 듯 떨리는 움직임으로

구석진 골목길 홀로 우뚝 핀 꽃을 향해
달콤한 꿀 한 모금을 빨기 위해 전진한다

비누 꽃에 나비가 비틀대며 앉는다
한숨 위에 피어나는 서리 같은 향이 났으므로

나비는 그것이 모조라는 것을 알아차리지만
부서져 가는 몸으로 마지막 사랑에 몰두한다

모자라지만 누구보다 완전한 그들에게
내일은 정처 없이 부유하는 입속의 말과 같다

가난한 심령과 더 가난한 나비의 사랑
아무것도 받지 못해도 더 줄 것이 없어 겸연쩍다

가짜 꽃과 한쪽 날개 잃은 나비의 이중주
이토록 병든 세상에 둘은 서로를 지탱한다

좁은 골목 흔들림 없이 자는 마음이 있다
아주 자세히 보아야 알 수 있는 작은 비극이

사람들은 나비가 그 꽃을 연민했다고 한다
영영 죽지 않는 무결함을 연민했다고 한다

바위

부러 단단한 척하는 강건한 얼굴
굳건한 거석처럼 버텨온 굽은 등때기

바람에 닿기만 해도 아파서 울던 지난날
슬픔에 깎이고 깎여서 뭉툭한 모양새

그네들의 눈에 그는 감정 없는 사람이나
동공에 얼핏 비친 상은 체념의 그림자

그런 바위도 오롯이 혼자 남는 날에는
마음 놓고 비명을 지르며 눈을 뒤집는다

평범은 꾸며낼 수 있어도
행복은 꾸며낼 수 없으므로

생이 의미를 잃을 때 눈물은 산이 되고
산은 모든 것을 녹여 뭉크러지게 한다

눈물샘을 녹이고 몸뚱이를 녹여 줘
굳어 버린 살덩이를 흘려보내 줘
나 흔적 없이 사라져 버리고 싶어

미카엘을 위한 기도

구부정한 시선과 속이 텅 빈 네모
나의 고통은 당신의 일상
감히 반절도 헤아리지 못하네

깊이 없는 위로는 위선이 되고
내미는 손은 의지하기에는 무르다
주저하는 초침에 기대는 이는
오그리다 못해 까만 점이 된다

미카엘 들어 주기를
이제야 가슴에 손을 포개어 기도한다

당신의 눈물이 조금씩 멎어
바다에서 호수로 호수에서 연못으로
끝내는 거의 말라
아주 자그마한 어항만을 채우길

그리하여
떨어진 이카로스도 다시 날아가고
당신이 굳게 잠긴 천국의 문을 열 때
내 작은 손을 보탤 수 있기를

집을 찾아서

몸이 좀 자라 버렸어요
새로운 집이 필요합니다
낡고 벌레가 나오는 집을 벗고
깨끗하게 닦아놓은 집을 찾아요

빙글빙글 돌아가는 물레 위에
고급 점토를 텅 하고 놓고 조물조물 대구요
붉은 사랑의 주술을 한 방울 떨어뜨리면
따뜻하게 구워진 내 집이 태어납니다

처음 집이 어찌나 훌륭했느냐면요
내 과거를 낭독하자면 천일야화보다도 길어요
나의 현재는 보다시피 이런 꼴이구요
나의 미래에 대해선 별로 얘기하고 싶지 않군요

물살을 건너 미지의 땅으로 기어가요
어떤 집이 좋은 집인지는 이미 배웠어요
튼튼하고 깨끗하고 넓은 집이 좋아요
그렇지만 그런 집에 들어가기는 어려우니까요

앨리스도 도로시도 그새 달라졌어요
어느새 다들 자기만의 집을 찾아냈어요
내가 가진 집은 자꾸만 갈라지고 마르는데
세상에 대한 사랑이 부족한 모양이지요

그 집이 나를 원하지 않으면 어떡하지요?
그래도 집이 없으면 말라 죽는다니
어쩔 수 없이 나는 이사를 준비해요
깨지지 않을 옹골진 거처를 찾아서

우리는 집을 찾아 떠나는 집게들
옆길로 새고 때로 잡아먹히기도 하지만
작은 한 몸 편히 누일 곳을 위해서
내 몸보다 큰 꿈을 이고 유유히 전진해요

능숙한 도망자

방부제 넣은 식빵 지나치게 오래 간다
만료된 연인은 먹기 싫은 음식보다 못하다

덮어둔 시간을 슬그머니 들추어 본다
수치와 후회가 찬란한 지난날을 전복시킨다

숙제를 미루는 기분으로
너의 표정이 어떠했는지를 철저히 외면한다

나에게서 너의 손때를 모두 씻어내린다
난파된 시선으로부터 부리나케 도망친다

너를 부정하는 것은 나를 부정하는 것
나를 부정의하고 날을 부정케 하는 것

그럼에도 가차 없는 능숙한 도망자
잠든 사랑을 그대로 두고 야반도주한다

새카만 밤 가로등 아래
조금 작아진 듯한 내 그림자를 비추어 본다

밤새 그림자는 무엇을 배우는 것일까
밝히기 전에 먼저 뒤로 숨은 기억뿐이다

한 폭의 사랑

이루지 못한 사랑에 눈시울 붉히는 밤
부스러기는 달고 액체는 무겁게 돈다
환상 속의 만약에를 찾아 널뛰는 가슴
나는 당신과 하는 사랑을 모른다

꿈에라도 나와주지 참 차가운 사람
코끼리만 한 마음 작은 방 가득 채워도
내가 찾는 세계가 너무 커서 문제다
파랑을 보라로 보는 눈은 흐리다

교외의 한적한 주택가를 걷는다
몇 마일 너머 집에는 당신이 살고 있다
주인이 있는 수영장에 덜컥 뛰어들었다
몸은 떨리고 날씨가 추워 집에 가고 싶다

건반은 부드럽고 손길은 단단한 것
친밀한 것의 반대말은 무관심한 것
당신과 시답잖은 것에 웃고 또 울고 싶다
천만 겹 고리 뒷면에 가려진 한 폭의 사랑

사랑도 대집행이 되나요

사랑도 대집행이 되나요
그러면 내가 당신의 사랑 할래요
하얗게 빈 네 번째 손가락
잽싸게 내가 차지할래요

그 사람을 대신해줄 수 있어요
짧은 머리카락은 붙이면 되고요
잘록하게 들어간 허리를 위해
갈비뼈 하나 정도는 뺄 수 있어요

당신만 아는 그녀의 순간 말이죠
갔던 곳 또 가도 나는 괜찮아요
대신 당신도 내 사랑을 대체해 줘요
발목 하나 정도만 높아지면 되어요

사랑은 대집행이 안 되어요
어제의 그늘은 오늘까지 있어요
당신은 나를 위해 애를 쓰지 않고요
나도 너를 위해 울어주지 않아요

단맛 찬가

어쩐지 단 것이 그리워져 마구잡이로 사들인다
입술로 세는 촉각과 차분하게 일렁이는 불꽃
콘크리트 천장에서부터 정수리 위로
미끄러지듯 질주하는 나른한 구상

감정이 익는 계절이다
관념도 꿀 빛으로 물들어 버리고
한 치 앞도 모르는 혈관에는
해소라는 이름의 과오가 흐른다

너도 달콤한 몰락을 좋아하는지
때 이른 성탄 장식에 은근히 울적해져
몇 푼으로 맛보는 예쁘장한 희락을 탐하고
곧 물릴 기쁨을 비정기적으로 구독하는지

하얀 설탕이 뿌려진 달님을 살짝 집어
크게 베어 물면 새빨간 잼이 나온다
정말 마지막으로 너를 연상하기로 한다
살펴 가시길, 내 죄악의 역사여
지나갔으나 즐거운 시절이었어

로즈마리

오렌지빛 석양이 창을 넘어 들어온다
듣고 있냐는 표정의 너
나의 집중력은 모스부호처럼 끊긴다

와인에 초콜릿을 곁들여 먹는다
다 큰 나는 쓴 것도 꿀떡꿀떡 잘 넘긴다
무질서한 이야기와 노련한 자랑
험담과 소식과 뜬구름 잡는 칭찬
곧 밤이 되고 집 가는 길은 보나 마나 외롭다

허브가 좋다고 들은 건 있어서
화분을 하나 사 들고 귀가한다
목에 난 땀에 습습한 바람이 스친다

술이 잘 깨지 않아
방 한가운데 앉아 로즈마리를 본다
물을 너무 많이 주거나
물을 너무 적게 주거나

어찌되었든 죽는다
한때라는게 으레 그렇다
그럼에도 우리는
쉬는 법 없이 눈을 마주한다

미술관에서 살고 싶다

황홀한 채색과 구불구불한 조형
미술관은 환상의 세계
혼란과 편안함 사이
부자연스러운 가교

웅장하고 불친절한 그림과
압도된 사람, 끄덕이는 분석가
그리고 애써 그런 척하는 사람
형용할 수 없는 부조화가
이상하고 사랑스러운 곳

문득, 미술관에서 살고 싶었다
쪼그려 앉아 같은 자세로
두 시간이고 세 시간이고 있다 보면
사람들이 나도 작품인 줄 알고
저 의미 모를 존재는 무엇인가 하면서도

의심 한 가닥조차 없이
실용성 없는 내 아름다움을
어떻게든 찾아내어
기꺼이 몰입해 줄 것이므로

마더 오셔니아

짠 내 나는 바닷가에 가면 막 드러눕고 싶다
도적놈 같은 갈매기와도 친구 맺고 싶다
미뢰 들이밀어 비릿한 바람 받아들이고 싶다
부표를 넘어 파도가 내 것인 듯 헤엄치고 싶다

아직 추운 봄날
비 내리는 바닷가를 걷고 또 걷는다
한글 이름 떡하니 박혀 있으나
타는 사람 없는 낡은 소형 어선
아마도 심장부에 구멍이 났으리라

바다 바다가 우리의 모체라면
그에게 뛰어들어 안기고 싶다
이름도 살아온 행적도 모두 흘려보내면
오점까지도 깨끗이 분해될 것이므로

나는 아무렇게나 굴러다니는 녹색 병 쪼가리
너무 많이 채이고 긁힌 바람에
동그란 보석으로 오인되는 바다의 쓰레기
조개더미 위 쓰임을 다하고 버려진
이른바 만들어진 이방인

인간사냥

죽음은 탁월한 실력으로
나를 몰아세우는 사냥꾼

한밤이 찾아오면 밀렵이 시작된다
불어 터진 얼굴들이 빼끔빼끔 합창한다

비쩍 곪은 가슴만 찾아내어 겨냥한다
갓 태어난 기린처럼 나는 버둥거린다

눈이 펄펄 내리는 설원에
동백꽃 한 송이가 발갛게 번진다

사연 있는 사람들이 나를 지나쳐 가고
내 사연은 나에게만 잔인하게 느껴진다

깊은 못으로

진의를 모를 악의와 싸워낸 후
꿈에서 백 미터 달리기를 한다
끝이 없는 안개 속 가상의 헐떡임
내 안에서조차 나는 나를 탓한다

닿으려야 닿지 않는 그 사람
두 번씩 접질리는 다리와 느긋한 주먹
반면 갈급하다는 듯 차오르는 분노
단칸방의 악몽은 마트료시카 같다

깊은 못에 가슴께까지 들어가도
정체된 흐름에 그 무엇도 씻기지 않는다
어떤 상처는 꼭 영구적일 것만 같다는
막연하지만은 않은 두려움이 있다

하루는 울다 지쳐 잠에 든다
옷장을 여니 숨 쉬는 고치가 있다
그로부터 나는 순환의 이미지를 본다
젖은 날개를 펴면 자유로이 날 그것

깊은 못에 다시 한번 다이빙한다
모든 것을 뒤집어엎을 폭우가 내린다
못이 범람하고 나는 녹아내린다
고치 속에서 새로이 반죽된다

그날 밤 꾼 꿈에서 나는 고상하게 앉아
집채만 한 파리를 와인에 적셔 먹었다
이상하리만큼
만족스러운 식사였다

용서 한 술

버거운 아침에는
입맛이 없지요
식사는 거르더라도
용서 한 술은 크게 떠서 먹어요

전날 흘린 눈물이 굳어
무지갯빛으로 빛나는 용서
눈물은 일회용이지만
용서로 바꾸면 먹을 수 있어요
약간 짤 뿐 아무 맛도 안 나요

내 벗이여, 용서하세요
어제의 나와 그날의 나
또 나를 미워하는 나와
용서를 못 하는 나를 용서하세요

용서가 다 떨어졌을 때는
용기를 혀 밑에 붙이고 누워요
잊을 꿈을 덮고 한숨 자고 나면
다음날 용서가 리필되어 있어요

미래 소년

담금질 당하는 우리의 젊음
줄기 한복판에 버림받은 자신을 못 박고
가지 끝마다 저마다의 사명을 잉태한다
잃게 될지 지킬지 확신조차 없이

그 무엇으로 자신을 사랑해야 하나
갈지자를 그리며 헤매는 걸음걸이
토성의 고리만큼 공전하는 고뇌와
해가 더해지며 단념해 온 것들의 알갱이

영웅이 알을 까지 않는 시대
어찌할 도리 없이
우리는 스스로 영웅이 되기로 한다

여명이 선택한 미래 소년
미래를 모르나 결국 도착할 미래 소년
가장자리에 내몰린 것이 아니다
페이지를 넘기기 위해 머물러 있을 뿐

이제 결말은 있되 결항은 없다
황혼을 뜀틀 삼아 내가 가야 할 곳으로

재언

『빛과 눈물로 피어나는』

시인의 말

멍든 가슴에서 피어난
제비꽃이
보랏빛 향기를 품는다는 건,
그렇게 나의 슬픔이
쓸모를 가지게 된다는 건

나무 표지판에 쓰여있던 글

발길이 닿지 않아
무성해진
숲

발자국이 안 남게
물구나무를 선 채
들어오세요

있다가도 없는 게
사람이란 걸

나도 잘
알게 됐답니다

여름을 안는 포옹이 필요해

날이 이렇게 덥지만
내게는 따듯한 포옹이 간절해
부드럽게 어루만져 줄 섬세한 이파리와
기댈 수 있는 단단한 고목이 필요해

하지만 숲을 찾아도
비바람 휩쓸고 지난 자리에는
나이테만 달랑 남아있고
잎사귀 위 단호한 빗물들은
나의 외로움만 선명히 비춰주네

한두 번도 아닌데 지나치게 외롭다
낯설지도 않은데 어제보다 외롭다

분명 나만의 것은 아닐 텐데
그런 말은 도무지
위로로 쓸 수 없는 거구나

모래바람 곱씹으면서

밤이 짧아진 탓에
어둠을 정리할 시간이 모자라요
서랍 속에 밀어 넣은 슬픔이
울렁거려요

손가락을 넣어 게워내려 해도
속엔 아무것도 없었고
흘러나온 빈말에선 탄 내가 나요
연기가 날 때 알아차렸어야 했는데
불길이 산맥처럼 번지면
눈물로도 잠재울 수 없겠죠

아, 재가 될 거 같아요
바람을 들이면 사막이 될 거 같아요
사라지고 있어요
바람은 흙먼지 일으켜 세우며 나를 주저앉혀요

이렇게 작은 모래 알갱이에 짓눌릴 줄은 몰랐는데
무너진 모래성의 깃발처럼 나뒹굴어요

하지만 나 처음부터 다시 해볼게요
마땅한 가시도 없고

한 모금만으로 버틸 수도 없지만
모래바람 곱씹으며
텁텁한 한숨 속의 단맛을 찾아
또 한 번 살아볼게요
나눈 침을 되새기며
비가 오기를 기다리지도 않고
또 한 번 살아볼게요

이런 나를
한 번만 더 믿어줄 수 있나요

0g

저울 위에 쌓인 먼지처럼
나의 쓸모는
무게가 측정되지 않는다

우리 딱 바닷바람 나눌 정도로만

당신들 한숨 뒤에 실려 온 파도만큼이나
나를 괴롭게 만드는 것은 없습니다

그 마음이 외로움이나 괴로움에서
비롯되었다는 건 나도 잘 알고 있지만
내 마음 그리 넓은 바다가 아니라,
나는 이 안에 방파제를 세우기로 했어요

당신의 바다에 바람을 나누는 일은 있겠지만
당신의 바다에 눈물을 보태는 일은 있겠지만
앞으로 우리들 바닷물이 섞이는 일은
일절 없을 거예요

내 안에 섞인 당신의 짠 내를
감당할 수 있을 만큼
나의 바다가 싱겁지 않아요

미안합니다
우리 딱 바닷바람 나눌 정도로만
가까워집시다

여름비

별일 없이도 아플 수 있어요
방 안에 곰팡이가 필 때까지 울고 나면
여름비가 내릴 거 같아요
티 안 나게 젖고 나면 알아챌 수 없어
숨길수록 초라해지는 마음을 가져요

새순이 돋아나기엔 늦어버린 거죠
빗물로 할 수 있는 건 다 해봤는데
이런 내게 무엇이 자랄 수 있겠어요

일어날 생각도 없나요
우산이 없으면 구름 위로 간다던
일기장의 다짐은 몇 쪽부터 번져갔나요

차라리 없던 거처럼 지워지면
미련조차 없을 텐데
거뭇해진 흔적이 꼭 그림자 같아

빗소리도 소용없어요
다가오는 발걸음인 줄 알고
몇 번씩이나 기대했어요

누가 와서 쌓인 물음표를 치워주세요
한두 개도 아니고 참,
어깨가 굽어 하루 종일 숨이 더뎌요

빛과 눈물

신은 거대한 뜰채로
바다의 윤슬을 건져내려 했지만

빛과 눈물은
결코 둘로 나뉠 수 없었다

깊숙이 잠긴 내가 열쇠가 되어

하루를 살다가도
울컥 한마디씩 차오르는
가파른 숨길을 타고 올라온 말들
이제는 입 밖으로 보내 달라고,
내게도 토해낼 비명이 있어
그 속은 비어있지 않았어

발목을 감싸는 거짓말 같은 초록을 벗겨내며
알아챌 수 없이 납작하게 짓밟은
깡통을 건져내며
미뤄온 한 방울까지 전부 털어내고

깨끗한 눈물로 씻겨
한 번 더 마음을 담아낼 수 있게
다시금 진심을 쏟아낼 수 있게

,무심하던 내게 용기를 주세요
부디 아픔을 들여다볼 수 있게
깊숙이 잠긴 내가 열쇠가 되어
깊숙이 잠긴 내게 열쇠가 되어

단수

간지러운 머릿속은 긁어보려도
영 손이 닿질 않는다

똑똑, 두드리면 안에서 수십 명
소란스럽게 떠들어 대는데
주인은 온데간데없고

잠깐 집을 비운 사이
담쟁이넝쿨처럼 기어들어 온
나쁜 생각들이
습관이 되어 주인 행세를 한다

줄기는 쳐도 쳐도 끝이 없어
뿌리를 뽑아야 할 텐데
언제쯤 바닥을 볼 수 있으려나

우물 속을 바라보듯
마음을 내려다본다

동네 빵집

이번 달에 문을 닫는 동네 빵집을 갔다
한구석에는 전날 팔던 빵이 쌓여 있었다
맘모스 하나를 집어 계산하다
사장님과 눈이 맞았다
씁쓸한 미소 뒤에 눌러앉은 슬픔이
순간 나의 눈 속에 들어와
나도 한번 웃어주었다
슬퍼 보였다, 그보다는 슬펐다
그녀만의 것은 아니었다
그렇다고 나만의 것도 아니었다

해마에 핀 곰팡이를 닦으며

하늘이 흐느끼면
그날의 빗소리가
새록새록 내린다
목련 잎은 다 떨구고
썩은 곰팡이를 피웠지

젖은 채로 축 늘어져
물기를 툭툭, 털어대며
서로의 고인 구석을
아프게 하던 우리
말릴 때를 놓쳐
덜 마른 빨래 냄새가 나던 그날에

안녕?
멋쩍은 손짓으로 빗자루질해 봐도
해마에 핀 곰팡이는
젖은 꽃잎처럼 잘 쓸리지 않았고
목련 잎엔 새까맣게 발자국만 쌓여갔지

자신만의 삶

빛을 강요하지 마라
콩나물은 어둠 속에서만
제 이름을 가진다

장독대 엔딩

나는 혼자 삭힙니다

제 발로 장독대에
기어들어 가

털썩
주저앉으면

숨소리도 메아리가 되니
한생 외로움이 없습니다

허나 무심한 그대
내 위로 뚜껑 덮고 가시면
그날로 내겐 하늘이 없습니다

목에서 물이 샜다

목 속에 답답하게
울먹임이 껴서

할 말을 망설이다

나도 모르는 사이
옷깃이 젖었다

손등을 올려
슥 닦아내고는

아무 말도 아닌 척
침을 삼켰다

보이지도 않는 곳에서
또 한 번 울었다

슬픔의 페스츄리 레시피

눈동자는 감정의 반죽

여러 감정을 삼키고
오랜 시간의 채에 걸러도
두껍게, 거칠게 남은
눈동자

눈꺼풀을 깔고, 이불을 얹고
빼곡히 밤을 덮어
슬픔이 새어 나오지 않는
비밀 레시피

하지만 나는 보았지
겹겹이 층 지은 패스츄리의 단면,
슬픔을 결 따라 뜯어 보면
그 끝에 아무것도 남지 않는 아이러니

진공 속으로

뭐 하나 하고 싶은 것도
하고 싶은 말도 없이
주변이 텅 빈 진공 속에 멎어있다

공중전화 부스의 놓쳐진 수화기처럼
신호 연결음만 삐, 삐

내게 와 힘없이 떨궈진 손
잡아 주면 안 될까?

말하기가 무섭게
음성 사서함 속으로 틀어박히는 목소리

언젠가에는 할 말이 있었던 거 같은데
들어줄 누군가가 있었던 거 같은데

흐르는 강물의 수갑을 채워

안다고 말하기엔 부끄러운 지식들
난 빈 깡통 같은 머릿속에
흐르는 강물을 채웠네,
흐르는 강물의 수갑을 채웠네
지나야 할 것들 붙잡은 죄로
울렁거리는 아픔을 겪고
젖은 심장은 무거워 날 수도 없고
털어내려던 미련은, 머리카락 같아
떼어내려 아무리 손사래를 쳐도
내게서 한 걸음 미동도 없는
내 이름은 언제부턴가 집착이 됐네

다 타버린 들판에 서서

누구의 발걸음도
텅 빈 들판을 다독일 수는 없어
한 그루 나무도 없는
나의 초라한 언덕에서는
쓰러져 가는 너의 태양에
어깨를 내어줄 수 없어

비가 오기라도 하면
두터운 화장이 다 흘러내리겠지
가릴 수 있는 이파리가 없어
추악한 표정을 다 들켜 버릴 텐데
바람마저 떠나가면
그때는 어떻게 해야 하나

답이 없는 물음들, 잇달아 보내며
밤을 길게 늘어져 가고
마주하기 싫은 나는
못난 말로 두려움을 감춰놓을 뿐이다

무릎 사이의 공간

무릎을 끌어안으면
나에게는 나만 남은 거 같아
숨소리가 대화의 전부이고
구부러진 허리가 뻐근해져도
나는 이렇게 있는 게 좋아

손목 위로 얼굴을 부비면
덧씌워진 표정이 다 지워져 버리고
눈을 뜨면 무릎 사이 좁은 공간이
나만의 위해 마련된 비밀 장소 같아

목덜미가 으스러질 듯 고개를 젖혀도
꽉 막힌 천장에는 별 볼 일 하나 없겠지만
해를 등지고 살아갈 거라면
달이라도 되어서 빛을 내봐야지

방 안의 중력도 이기지 못해
기지개를 켤 수 없지만
땅이라도 밀어내서 몇 번이고 다시금
일어나 봐야지

손바닥을 짚고 아래로, 더 아래로

방에 손도장이 남도록 시빨갛게 힘을 줘도
아무 일도 일어나지 않을 때쯤
느린 한숨을 타고 빠져나가는 부풀어진 척들

날개 없는 내가 날아가려면
먼지만큼 작아지는 수밖에 없지

의심

가느다란 가지 위로 샘솟는 이파리,
네 안에 그런 게 있는 줄은 몰랐어
혹시 너에게도 꽃이 있니?
가을이면 열매를 맺니?

그래, 내게는 꽃도 있고 열매도 있어
하지만 솔직하게 말해줄래?
너 초록 없는 우리들은 사랑하지 않잖아
벚꽃이 펴야만 봄이라고 부르잖아
앙상한 나무로 살아야 한다면
차라리 피고 지는 꽃잎으로 남고 싶다고
무심코 중얼거리는 걸 들었어
나는 그런 네게 마음을 줄 수 없어

기억 잠수

문득 그날의 기억이 떠올라
저 먼바다에서부터 밀려온 밀물처럼
눈가에 글썽임이 차오르면
나는 비로소 알 수가 있어
미쳐 못 보고 지나간
그때의 진실이 무엇이었는지

스치는 바람에게도 조롱을 당하던
허름한 시간, 침묵으로 일관하던
침을 삼켜 내려보냈던
목 끝까지 올라오던 한숨을
이제는 품에 안고 헤엄칠 만큼
드넓은 산소를 누릴 수 있게 된 거니

몸을 묶는 해초를 풀어 던지고
날이 선 손날로 물살을 가르며
난 깊이 떨어져
얕은 숨을 번복하는 나를 찾는다

점선을 잇는 과거의 사소한 물거품을 따라

꿈과 꿈 사이의 강

불빛이 사소해 보이는 까닭은
지금이 가장 어둡다는걸
모르고 있기 때문이야

들어가자, 기꺼이 어둠 속을 걷자
네가 찾던 모든 것들을 준비해뒀어

가장 어두운 밤에 가장 밝은 빛이 보인다는
간단한 진실만으로
꿈과 꿈 사이를 오가는 강에 서서,
단 한 가지의 진실을 알려줄게
언제까지 피해 갈 수는 없는 법이야
최선을 다해 뛰어봤자 닿을 수 없어

아래로 가야 해
앞을 향해서는 강을 건널 수 없어
지금 잡고 있는 걸 놓고 가라앉기를 택해
빛도, 파도도 없는 밑으로 가서
아가미가 돋을 때까지 그곳에 살아
마음이 바다만큼 커질 때까지
눈물로 강을 불려
불어 터진 입술로 하는 말이

조금 더 설득력 있을 테니
살이 퉁퉁 불 때까지 기다려서는
처참한 몰골과 상반되는 미소를 들고
내게 와서 무엇을 알게 됐는지 알려줘

할 수 있겠어?

이 글은 빛의 육체입니다

가슴의 불꽃이 나를 태울 때면
살갗이 떨려와
지난겨울의 눈이 녹아 없어지고
새하얗던 머릿속이 축축한 잉크로 가득해
찍어 바를 문장이 넘쳐
천상의 내가 착륙해오는 소리가 들리니
빛들이 쏟아져 내 손에 닿는 감촉을
너도 느끼니

눈동자는 몽롱하니 꿈처럼 아득하고
발길을 애태우던 공포가 잠들어
잠들지 않고도 죽음을 알 거 같아

사라질수록 또렷해지는 나를 봐
나의 간절한 열망이 나를 벗고
종이를 입는 고상한 몸짓에
가슴의 불은 더 이상
꺼질 기미를 보이지 않는다

철도의 한계

순간 덜컹거렸다

당신의 아픔이
나의 가슴 위 철도를 달렸다

남겨진 연기에 콜록대며
멀어지는 뒤 칸을 바라본다

스쳐 보낼 수밖에 없었다
철도의 역할은 거기까지였다

초겨울 살아내기

빽빽해 보이던 숲에
발을 들이기 전까지는 알지 못했다
빈틈을 감추기 위해 잎사귀를 피워낸
너의 공허함을,
먼 곳에서 볼 때와 달리
너의 숲도 별반 나와 다르지 않구나
하지만 낙엽 지는 가을을 떠나
겨울로 들어설 때면
우리는 발가벗은 추위 속에
어느 마음을 붙들어야 하지
사랑 없이는 들춰지는 고통
감내할 수 없는 여린 가지들

외롭다고 생각할 적에
낙엽 밟히는 소리를 들어
발 없는 바람이 기어코 낙엽을 밟아
우리를 찾아와줄 때면
흔들 수 있는 이파리가 없대도
가장 사람스러운 빈 가지를 들어
속임수 없는 나약함으로 힘껏 인사를 하자

지구로 갈아 신다

걱정은
사막에서 신발의 모래를
터는 일 같아서

나는 차라리
맨발로 걷기를 택한다

따스하다

발밑의 두려움이
모래알만큼이나 작은 거였구나

파동 이야기

형체가 없던 '파동'이
바다에 'ㅇ'을 빠뜨려
눈에 보이는 '파도'가 된다는 건

그런 것이다
아무도 모르는 것이다

'ㅇ'을 빠뜨릴 당시
파동의 말을 들어보면

그는 'ㅇ'을 자신의 전부라고 여겨
처음에는 자살을 하려 했다고 한다
그래서 바다에 몸을 던진 것인데
얼떨결에 파도가 되고 만 것이다

전부인 줄 알던 그것은 받침에 불과했다
그는 지금의 '파도'라는 직업도
자신을 설명할 수는 없는 거라고 말했다
나는 파도의 일을 하는 그를
더 지켜보기로 했다

목줄이 끊긴 점박이

주인 향기를 애타게 찾는 듯
바닥에 코를 박고 발발거리는
목줄 끊긴 개를 보았다

이미 얼룩져가기 시작한 흰 털 사이
측은하게 내려앉은 눈가에
지난날을 기억할 수도 없어
단지 마음으로만 알고 있는
잃어버린 전부를 킁킁거린다

슬픔을 따르는 게 너의 본능이겠지
미워하는 법도 몰라
향기가 냄새가 되기 전까지는
아마 괜찮을 수도 없을 텐데

그런 너의 무력함이,
대신 열어줄 순 없는
나의 무력함과 다르지 않아
밀려날 수 있는 끝자락까지
묵직한 아픔으로 명치가 밀린다

그리워라, 별 들던 자리

속이 다 비친 화병 속에서
꺾인 줄기를 반신욕하며
고개를 빤히 내민 꽃들이
오지 않을 나비들을 기다린다

해가 드는 곳을 찾아 필사적으로
꽃잎을 뉘우치는 꽃들,
후회로는 지난날을 돌이킬 수 없겠지
딱히 잘못한 것도 없다만
우리들의 존재는 아름답다는 이유만으로
용서 없이 꺾어나갔지

그리워라, 별 들던 자리
악착같이 달라붙던 벌레들까지도

지난날의 푸른 들판이 아쉬워
그들은 같은 말을 반복하듯
고인 물을 되새기고 있었다
차라리 축축한 물기가 말라
바삭해지기를 기다리며

뜻밖의 행운

옷장을 뒤져 너의 겨울 외투 주머니를 찾아
속에 만 원짜리 몇 장을 구겨 넣었다
얼마 되지도 않는 돈이다만
줄곧 희망은 다 저버린 네가
앞으로는 행운을 착각하고 살았으면 하는
마음이었다

무명

이름 모를 들꽃아
계속 제멋대로 자라줘라
언젠가 이 길에 의심이 드는 날에
나도 너만치만
당당해질 수 있게

나는 곁에 있었다

그날은 비가 왔고, 안개가 있었고
내가 흐느껴 울고 있었다
울음소리는 울창했고
모두가 귀를 막았고
나는 듣고 있었다

나무들이 소곤거렸고
고양이 한 마리가 비웃었고
흙탕물이 울화를 냈고
나는 듣고 있었다

비는 더 거세게 왔고
산기슭이 휘청거렸고
번개는 소리를 쳤고
나는 듣고 있었다

밤이 내렸고, 별이 내려다봤고
숲이 고요해져도
나는 울고 있었고
나는 듣고 있었다

겨울 살아내기

창밖에 앞이 보이지 않을 정도로
무거운 함박눈이 내려요
크리스마스의 조명보다도 밝은
새하얀 빛의 눈이 쌓이면

무거운 눈꺼풀을 지탱하려 들지 말아요
보이지 않는 건 눈을 감아야 보이니
밤의 옷깃을 잡아 내일을 미루지는 말아요

아직 아무도 걷지 않은 눈길을 걸어요
그토록 따뜻한 당신의 눈길을
당신은 걸어본 적 없겠지만
나는 알 수 있어요

매서운 눈보라를 휘날리면서도
바람이 닿지 않는 태풍의 눈을
당신의 가슴 언저리에서 발견했어요

붉어진 손은 비록 차갑겠지만
따뜻한 코코아를 담은 잔의
손잡이였다는 걸 알고 있어요

부디 잠에 들어요
눈이 그치면 눈사람을 만들고
어린아이처럼 굴어요
굴러 내려오는 눈덩이는 피할수록 커질 테니
우리는 이대로 눈사람이 되어서 놀아요

멍든 제비꽃의 향기

가슴은 새파랗게 멍들었지만
나의 제비꽃은 꺾이지 않고
보랏빛의 향기를 내요
재채기하듯 꽃가루를 퍼트리면
머무는 자리마다 꽃잎이 틔고
손목을 문대면 나비가 되어 날아가는 환상
이렇게 아름다운 순간,
살아 움직이는 모든 글자들이
영원하길 바라요

멀리 가는 나의 사랑,
눈가에 손 그늘을 내려
지긋이 바라보면
늘 그랬듯 뒤돌아보며
내게 손 흔드는 나의 꽃가루,
묶어둔 봄의 향기,
올여름 가장 시원했던 비,
산뜻했던 바람의 손길,
꾸벅꾸벅 졸던 나를 재우고

무화과 사랑

안에서 꽃이 피는 무화과처럼
나는 가슴속에서 피어나고 싶다
남들은 나를 모르더라도,
나만이 알아주는 구석을 두고
달큰한 향이 나는 품을 지으며
나는 나에게 집이 되어주고
어디라도 안기고 싶을 적이면
나는 나에게로 돌아가
변치 않는 약속이라 꽃말을 짓고

김새미

『기차에서 만난 이방인 현상』

시인의 말

사람은 오늘 보고 다시 보지 않을 사람에게 솔직해지는 경향이 있습니다. 저는 당신을 모르고, 당신도 저를 모를 테니 제가 숨겼던 감정과 비밀들을 여기에 두고 가겠습니다. 이 작은 글귀들이 당신에게 공감과 위로가 되었으면 좋겠네요. 부디, 제 비밀을 가지고 떠나가주세요.

둘리가 베푸는 호의

나의 상냥함이
그저 당신에게는
약점으로 보였나 봅니다

나의 미소가
그저 당신에게는
이용할 수 있는 수단이었나 봅니다

나의 호의가 누군가의 권리가 되었을 때
느꼈던 그 참담함은 정말이지…
이루 다 말할 수 없었습니다

그래도, 나의 배려가
나에게 독이 되었다 하더라도

그럼에도, 나는 내일도
누군가에게 호의를 베풀 것입니다.

집에 보내주세요

그런 생각을 하는 날이 종종 있다
분명 나는 집에 있는데
집에 가고 싶다는 생각이 든다
집에서 집에 가고 싶다는 것이
어쩌면 모순이라는 것은 알지만
그보다 명확하게 표현할 말이 없다
내가 원하는 '집'이
장소인지, 상태인지, 사람인지조차 모르겠다
나의 집은 어디 있는걸까.

가끔은 숨고 싶은 그런 날

아주 새까만 비가 내렸으면 좋겠다

한 치 앞도 볼 수 없을 정도로 새까만 비가 말이다

내가 눈을 떴는지, 감았는지
모를 정도로 새까만 비가 말이다

내가 이곳에 존재하는지, 아닌지
알 수 없을 정도로 새까만 비가 말이다

내 마음처럼 나를 집어삼킬 수 있을 정도로
새까만 비가 말이다.

괜찮아

울지 말고 웃으라는 말이

얼마나 부담을 주는 말인지

너는 알까

웃으면 복이 온다는데

울면 복이 달아나는 걸까

나는 울어도 괜찮다는 말이 듣고 싶었어.

새장

새장에 갇혀있는 갑갑함에 힘들었는데
하늘을 조각내는 철창이 원망스러웠는데
이제 보니 나 스스로 새장 속으로 들어왔나 보다

나는 새장 속에서
안전한 새장 속에서
그닥 작지도 않았던 새장 속에서

어쩔 수 없다며
갇혀있는 나는 어쩔 수 없다며
그렇게 나 자신까지 속여가며

그렇게 있었나 보다
그렇게 새장 문을 열 시도도 하지 않고
그렇게 포기 전에 노력도 하지 않고.

달만이 알고 있어

나의 말을 온전히 들어주는 건
오직 달 뿐이었다

아련히 들려오는 구슬픈 숲의 소리에
나의 눈에서 슬픔이 피어오르기 시작했다

슬며시 나를 비추는 달빛의 몽환에
나는 그제야 눈을 감고
눈물을 흘려보낼 수 있었다

비록 곧 사라질 신기루이지만
잠시 동안의 평안에
나는 무릎을 꿇었다.

알고 있었지만 모르고 있었어

바보 같다는 것은
알고 있었던 사실입니다

되돌릴 수 없다는 것 또한
알고 있었던 사실입니다

그런데 나는 왜 어째서
후회하고 있을까요

다 알고 있었음에도 불구하고

나는 왜 지금
후회하고, 자책하고 있을까요

……
사실 모르는 것이 있었어요

다 알고 있었지만
나는 내가 울 것이라는 건 몰랐어요

그래서 그런가 봐요

다 알고 있었지만
모를 거라는 걸 몰라서

그래서
내가 지금 울고 있나 봐요.

하늘의 별은 차가움을 품고 있다

하늘의 별이 눈마냥 떨어진다
하늘하늘 떨어지는 별들 아래에
나는 그저 가만히 서있는다
차갑게 다가오는 별을 바라보다,
그저 가만히 바라보다,
손을 뻗어본다
아스라이 스며드는 별을 쥐며
시나브로 퍼져가는 냉기에
나는 오늘도 눈을 감는다.

발아래

소중한 것은
내 곁에 있었는데
자꾸 어디를 봤던 건지

소중한 것은
내가 서 있는 곳에 있었는데
자꾸 어디를 찾고 있었던 건지

소중한 것은
여기 이렇게 내 주위에 있었는데
자꾸 왜 다른 것을 찾으려 애썼던 건지

여기에 있어
이곳에 있어
여기, 이곳에.

감정의 추

이제 작은 일로는 마음이 움직이지 않는다

전에는 묵직한 무게를 차지했던 것이
지금은 한 손으로 들 만큼 가벼워졌다

좋은 말로는 마음이 단단해졌다고 하지만
이제는 무겁지 않은 일들은 하찮게 느껴져
그 본래의 감정을 느끼기 힘들다

처음에는 가는 바람에도
흔들리던 작은 추였는데

지금은 매서운 바람에야
흔들리는 두껍고 무거운 추가 되었다.

유리 상자

불투명한 유리 상자 안에서 사는 사람들은
무엇을 느끼면서 살아가고 있는 걸까

들어오지도 나가지도 못하는 곳에서 사람들은
무엇을 들으면서 살아가고 있는 걸까

깜깜한 그곳에서 사람들은
무엇을 보면서 살아가고 있는 걸까

아무것도 보이지 않는 그 어둠 속에서 사람들은
암흑 속에서 밝은 것을 찾고 있는 사람들은
무엇을 하고 싶은 걸까.

앞으로 앞으로 앞으로

나아가야 할 방향도 모르면서

무작정
앞으로만 걸어가는 우리들

그저 뒤처지지 않기 위해
앞만 보고 가는 우리들

지금

내가 어떤 길을 걷고 있는지
내가 어디를 걷고 있는지
알지도 못하면서

하염없이

앞으로 앞으로 앞으로.

그래도 앞으로

앞으로 걸어가고 있는 줄 알았는데
세상이 뒤로 가고 있는 거였더라

한 발자국 더 내디디면
더 빨리 뒤로 가더라

그래서 가만히 있었더니
수많은 것들이 나를 지나쳐 가더라

한 발자국 뒤로 가면
그제야 같이 흘러가더라

하지만 계속 뒤로 가기에는
포기해야 할 것들이 많더라

그래서, 그래도
나는 앞으로 가기로 결정했다.

길치

필요를 위해서만 하는 것에는
그다지 깊이가 없다

지금 당장 눈앞의 것은 해결할 수 있어도
서서히 안개 속으로 가는 것과 다름없다

하지만 아직 방법을 모르기에
그저 안경을 닦아내기에만 급급해하고 있다.

모순

다짐이라는 것은
내가 무엇이든 할 수 있게 만들어주는
강력한 것임에도 불구하고
너무나도 부질없고 하찮은 것이라서
지켜지기 힘들다

객관적이라는 것은
상황을 명확하게 관찰할 수 있게 해주는
확실한 것임에도 불구하고
너무나도 주관적이라서
그것을 잘 들여다보면
상대를 알 수 있는 길이 된다.

그대는 포기의 의미를 알고 있는가?

'포기한다'라는 말은 많은 의미를 가진다

또한, 그 안에는 많은 뜻을 가지고 있다

나에게 '포기'란 회피 도구 중의 하나인데

그대에게는 어떤 의미로 쓰이고 있는가?

이유를 찾지 않도록 할래

사랑받기 위해서는

갖은 노력과 이유가 필요한데

미움받는 건 어째 그리 쉬운 건지

네가 나를 싫어한다면

그래

싫어하도록 해

나는 이제 더 이상 이유를 찾지 않을래

그냥 네가 나를 싫어하는 걸로 하자.

나와 너

나는 나고
너는 너야

나는 나일 뿐이고
너는 너일 뿐이지

'너와 나'는 될 수 있어
'너 그리고 나'도 될 수 있지

하지만
'너와 너'는 될 수 없어.

0

0을 맨 앞에 두어 처음으로 시작하든지
0을 맨 뒤에 두어 끝을 맺든지

나는
0이기 때문에 아무것도 아니지만
0이기 때문에 무엇이든 될 수 있어

복잡한 수식 안에 0을 던져봐
그럼 “ ”이 될 테니까.

천지개벽

우리, 약간의 시각을 조금 바꾸어볼까?

한 방향이 아닌 여러 방향으로 보는 거야

한 곳만 응시하고 있으면
주변의 것들을 놓치기 쉽거든

많은 것들을 볼 수 있는 기회를 놓치면
너무 아쉽잖아

편협한 시각은 눈을 가려버리게 되니까

그러니 우선 눈을 뜨는 연습부터 해보자.

사람은 본 대로가 아닌 겪은 대로 판단할 것

사람을 생김새로 판단하는 것만큼
어리석은 게 없다

고작 보이는 것은 눈 두 개뿐이면서
보이지 않는 마스크 속 얼굴을 상상하면서
볼 수도 없는 그 사람의 성격을 재단하면서
또 다른 타인을 만들어 낸다

내 안에서 만들어진 그 사람이
내 생각과 다르게 행동하면
저런 사람인 줄 몰랐다며 혼자 실망하면서
또 다른 평가를 한다

그러지 말라

혼자서 도자기를 빚어내고서는
생각과 다르다며 깨트리지 말란 말이다.

말의 실체

말이 가진 힘은 생각보다 크다
생각만 하는 것과
그 생각을 입을 통해 말하는 것은
하늘과 땅만큼의 차이가 있다

그저 생각하고만 있던 감정이
말을 통해 나오는 순간
그건 실체가 된다

실체가 된 말은 힘을 가지게 되고
그 힘은 나를 좌지우지하게 한다

긍정이든 부정이든
내가 나에게이든
내가 타인에게이든
타인이 나에게이든

그건 누군가에게 영향을 끼칠 수밖에 없다.

역지사지

항상 생각했었어
당신은 무슨 생각을 하는지

당신의 생각이 궁금하다는 말은 아니야
그저 불만 섞인 한숨에 불과할 뿐

당신이 나의 입장이었어도 그랬을까
그랬다면 당신은 그렇게 하지 않았을까

그저 당신이
나에 대한 이해가 부족해서 그랬던 걸까

이유 없이 그랬다면
그저 당신이 그냥 그런 사람이라는 것에
기뻤어야 됐던 걸까

그런데

내가 당신의 입장이었어도 그렇지 않았을까?

다른 이름, 똑같은 나

검정색이든
까만색이든

사진기이든
카메라이든

핸드폰이든
휴대폰이든

뭐가 그렇게 중요하지?

현실⊆비현실, 비현실⊆현실

현실과 비현실을
구분 짓지 마라

현실이 곧 비현실이고
비현실이 곧 현실이 될 테니

현실이 아니기 때문에 비현실인 것이 아니다
그저 현실을 자각하지 못한 것일 뿐

비현실이 현실이 아닌 것은 아니다
그저 현실보다 비현실 같을 뿐.

무한의 세계, 유한한 시간

무한한 세상에서
유한한 시간을 가지고 태어난 나는

그
넓디넓은 세상을
둘러봄으로써

이
좁디좁은 나의 세상을
넓히고 싶어

이왕
이 세상에 나온 거
유한한 시간을 모두 다 쓰며 살래.

과학의 문명에서 벗어난 손

글씨 연습을 해봅시다

오랫동안 잡지 않았던 연필을 들어봅시다

그리고 이리 비틀 저리 비틀 움직여봅시다

삐뚤빼뚤하지만

그래도 오랜만입니다

이 사각거림은

여전히 가슴을 울리네요.

노을의 순서

빨강, 빨강이었다
그렇다 처음에는
빨강이었다

온 하늘을 뒤덮는 빨강이었다
모든 걸 태우는 빨강이었다
눈이 부실 만큼 매혹적인 빨강이었다

잠시 한눈을 팔았다

주황, 주황이 되었다
그렇다 그다음에는
주황이었다

서서히 하늘을 바꾸어가는 주황이었다
몽환적인 밝음을 품은 주황이었다
눈길을 빼앗을 정도로 아찔한 주황이었다

잠시 눈을 감았다

보라, 보라였다
그렇다 이번에는

보라였다

단숨에 하늘을 먹어버린 보라였다
꿈처럼 신비로운 보라였다
눈처럼 고요한 보라였다

처음에는, 그다음에는, 이번에는…
그리고 마지막으로는
언제나의 검정이었다.

일편단심

벚꽃을 마음 편히 볼 수 있는 곳은
오직 내 상상에서뿐인가

혹독한 겨울의 시간은 길고
화창한 봄의 시간은 짧은데

어떻게 사계절이라고
할 수 있을까

하지만 봄이 짧다고 코스모스에게
한눈을 팔면 안 되는 일

나는 또 이렇게
해사한 봄날을 기다린다.

찰나의 순간

꽃 속에 몸을 숨기고 있던 벌새가
날개를 펼치자 꽃이 하잘것없이
사알랑하고 흔들리는 그 찰나

몽울져있던 빗방울이 끝내 제 무게를
이기지 못하고 잎의 가장자리에서
토도독하고 낙하하는 그 찰나

풍성하게 부채를 펼치고 있는
은행나무가 일렁이는 바람에
쏴아아하고 소리를 내는 그 찰나

아무도 없는 하이얀 설원에
누구도 밟지 않은 새하얀 눈을
소보복하고 걷는 그 찰나

마음 한 조각을 빼앗겨버렸다.

당신을 사랑한 이유

처음에는
그저 눈길이 갔기 때문에 그런 줄 알았어

한두 번의 눈길이 머무름이 되고
몇 초의 머무름이 바라봄이 되고

바라봄이 마주침이 되었을 때
당신의 눈에 나의 사랑이 비추어졌을 때

그제서야 당신을 사랑한 이유를 알게 되었어

나는 당신을 사랑하기 때문에
사랑하는 줄 알았는데

그게 아니었더라
나는 당신에게 사랑받고 싶었던 거야.

네가 미칠 듯이 보고 싶은 ‘그냥’ 그런 날

보고 싶어
그냥 좀 보고 싶은걸

아니야
사실은 너무 보고 싶어

‘그냥’이라는 단어는
이 주체하지 못하는 내 마음이

흘러내리다 못해
터져버릴 것 같은 이 내 마음이

겨우겨우 내딛는
아가의 첫 발걸음 같은 거야

표현할 수 없는 이 내 마음을
대신해서 표현해주는 말인 거야

그러니까 나는 네가 ‘그냥’ 보고 싶어.

그러지 마세요

당신에게 상처 준 사람을
떠올리지 마세요

그 사람이 상냥했던 순간을
떠올리지 마세요

그 사람과 함께 웃었던 기억을
떠올리지 마세요

그 사람과의 좋았던 기억을
떠올리지 마세요

그 사람을 사랑했던 순간을
떠올리지 마세요

그것이 또다시
당신을 상처입힐 수 있으니.

이정표

서로를 바라보고 있는 곳에
너와 내가 서 있지만

서로 향하게 될 방향이
다를 수도 있겠지

이런저런 생각을 하다가
다른 곳을 보기보다는

차라리 내가 먼저
너에게 한 발자국 다가갈게

너와 내가
만날지 만나지 않을지는
아무도 모르는 일이지만

우선
내가 너에게 가까워질게.

우연을 위한 노력

우연히 눈이 마주쳤다고 생각했는데

그 우연한 눈 맞춤이 일어날 때까지

넌 얼마나 나를 바라보고 있었을까.

사랑받고 자란 아이

사랑받고 자란 아이는 티가 난다고 했다

눈에는 사랑스러움과 순수함이

입꼬리에는 상쾌함과 명랑함이

목소리에는 자신감과 활기참이

웃음에는 유쾌함과 즐거움이

손끝에는 다정함과 포근함이

발걸음에는 당당함과 활발함이

얼굴에, 말투에, 행동에, 태도에

묻어나오는 그 사랑을 멀리멀리

부디 많은 사람들에게 나눠주길 바라.

내디뎠다

책의 페이지를 넘기다 읽은 문장의 끝이었다
하지만 왜일까
이렇게 마음에 와닿은 이유는
계속해서 입안에 맴도는 이 말이
누군가가 귓가에 속살거리는 것처럼
나의 머릿속에 맴돌았다

찰나의 몇 초

나는

단 네 글자에 사로잡혀 버렸다.

'기차에서 만난 이방인 현상'

전혀 모르는 낯선 인물에게
자신의 비밀을 털어놓고 싶어 하는 심리

누구나 한 번쯤은 겪어 보았을 심리작용

이 사람은 나를 모르고
앞으로 모를 것이고
다시 만날 일 없으니까

나의 밑바닥을 보여도
나의 부정함을 보여도
당신은 내가 누군지 모르니까

그래, 심지어 나의 진심을 보여도
당신은 지금 이 순간에만 존재하는 사람이니까

이 기차와 함께 내 비밀을 가지고 떠나도록 해.

양희진

『그러니까, 우리는 별에 편지를 보내자』

시인의 말

그러니까, 우리는 별에 편지를 보내자
네 빛을 보고 싶어
너를 기다릴게
조금 늦어도 괜찮아
그런 말들을

우주

나를 감싸고, 점점 커지는,
땅속부터 하늘 위로 솟구치는,
내가 살아 숨 쉬는 지구, 밤하늘을 비추는 별
70년에 한 번 내 곁을 돌아오는 혜성
언제나 그 자리에 있는 태양
이 세상의 시작이자 끝

나의 우주가 항상 당신이었으면 합니다.

별과 별에게 보내는 편지

별의 눈물을 보았니?
별의 눈물이라니?

별은 울보야.
매일 밤 누워서 눈물을 흘려.

그래서 밤하늘이 캄캄한가 봐.
무슨 말이야?
우는 걸 들키지 않으려고.
그럴 수도 있겠네.

그렇다면 별은 왜 반짝여?
그건, 잠들고 싶지 않아서야.
깜빡 잠시라도 빛이 꺼지면 잠들어버릴까 봐.
그래서 영원히 잠들어버릴까봐.

졸립지 않을까? 별 말이야.
졸립대.
그래도 누군가는 별빛을 기다리고 있으니까.
누가?

모르겠어, 사실은.

아니면, 아니면 이건 어때?
옛날 사람들은 별을 보고 길을 찾았잖아.
그 소식을 들은 별은 더욱 빛을 냈고
지금 우리가 그 빛을 보고 있는 거야.
우리가 보는 건 오래전 별빛의 마음이래. 우리를 위해, 언젠가는 닿기를 바라며 보낸 빛이 아닐까.

그러니까, 우리는 별에 편지를 보내자.
네 빛을 보고 싶어.
너를 기다릴게.
조금 늦어도 괜찮아.
그런 말들을.

…별이 기뻐하겠네.
응.
잠시 나를 안아줘.
응.

별에게 쓴 편지는 어디에 부쳐야 해?
별의 눈물이 떨어지는 언덕에.

너

너의 모든 것들은 나를 슬프게 한다
그렇기에 난 너를 놓을 수 없다

너는 내가 보는 걸 싫어한다
항상 찌푸린 얼굴로 뭘 보냐고 대꾸한다

너는 모르겠지
널 볼 때의 내 마음을
너는 옆모습이 참 예쁘다
딱딱한 너에게서는 포근한 향기가 난다
뻗치는 머리를 깔끔하게 묶는다
예쁜 손만큼이나 손끝이 섬세하다
너의 옷차림은 항상 각이 잡힌 듯, 편안한 듯
그 어딘가에서 너만의 매력을 빛내고 있다

너를 어찌 아끼지 않을 수 있을까
이미 너의 모든 것을 사랑해 버렸는데

별것 아닌 말

말에는 힘이 있다. 아무리 짧은 말도, 아무리 작은 속삭임에도 세상을 바꿀 만한 힘이 있다.
그래서 별것 아닌 말은 없다. 어떤 울림도 없는 말이 없다.

너의 어쩔 수 없다고 생각하라는 그 말도.
내 눈을 피하며 내뱉은 그 말,
방금 그친 비 냄새가 쨍하게 코끝에 스며
여름의 가장자리치고는 서늘했던 그날
입 안의 쓴맛을 삼키며 답했던
그래도 너는 언제까지나 소중한 내 친구라는
그 말도.

그해의 여름은 아직도 내 입 안에서 아린 맛이 되어 굴러간다.

당신

당신 진짜 너무하다, 라는 생각 안 드나. 나 진짜 하고 싶은 얘기가 많아. 들으려고도 안 하겠지. 꾹 닫힌 입과 피곤해 보이는 눈길로 이미 끝난 얘기라고 하겠지. 당신을 너무 잘 알아서 문제야. 당신이 좋아서, 너무 아껴서 상처받기 싫은 마음 이게 문제야. 아니야, 비 갠 뒤의 흙냄새와 세상 가장 매끈하게 다듬은 돌의 냉기가 공존하는 네가 문제야. 서늘하게 투명한 바다 달빛 아래 자욱한 물안개 같은 네가 문제야. 아니, 아니, 제발 그렇게 쳐다보지 마. 당신이 잘못했다고 말해줘. 그게 아니야? 그럼 누구라도 잘못이 있다고 해줘. 아무도 잘못이 없으면 대체 누구를 탓해야 한단 말이야?

무감각하게

무감각하게 이제 그대가 그리운 손끝에 떠나가 버린 몰골이 처량한 아이가 되어 나에게 기대어왔을 때 그 순간 입 안의 포도 알갱이들이 아, 하고 터져나가던 작은 물방울과 떨림의 고심

사람은 그리도 실망스레 아무런 일생의 흔적도 없이 심야의 가느다란 빛줄기처럼, 요연히 퍼져나가던 순간의 움직임처럼
첫 번째 움직임에 그저 고개를 끄덕이던 작은 소녀의 은빛 목소리가 바스러져 유약하게 눈물을 떨구고 흐드러진 바닷바람 세차게 일렁이던 흐릿한 손을 그러모아 그저 그렇게 하자, 하늘하늘 웃음 지을 수 있었던 그 새벽녘

장미에 맺힌 들판이 툭, 저린 등골을 편다면 세상 끝까지도 달릴 수 있어 주저하는 그날의 서글픈 장맛비

날개

우두커니 서 있는 고대의 나와
침상에 따라 누운 나를 닮은 껍데기

누운 자리가 좁아서 몇 번이고 뒤척였다

날개가 끈적한 꿈에 젖어
어쩔 수 없다고 생각했던 날

영원한 삶을 목전에 두고
껍데기가 무거워 머물러 있는 나를

씻기는 비가 아프게 때린다

날개를 가진 이들은 어떻게 나는 걸까
어디를 향해 날아가는 걸까
나는, 날개가 돋아나는 고통을 어찌 이겼던 걸까
생살을 뚫는 고통을!

껍데기는 놀랍도록 다정하게
아름다운 몸짓으로 기어와
목을 죈다

웃으며 가늘게 흘린다
미안해, 다시 날고 싶어

껍데기는 미동도 않고 이내 답했다
너는 처음부터 날고 있었다고

돌덩이

네가 스스로 빛나지
못하는 차디찬 돌덩이일지라도

내가 너의 빛이 되어줄 수는 없을지라도

외로운 먼짓덩어리일 뿐인
내가 스스로를 태우며
텅 빈 너의 시공을 언제까지고 비출 수 있기를

진심이 닿는 일에
아무리 오랜 세월이 걸린다 하더라도
이 공간 먼발치에 내가 있다는 사실을
부디 기억하기를

지우개

슬픔에 잠긴 누군가의 노래에서 기쁨에 겨운 누군가의 함성에서 나는 네 이름을 들었다 빗물에 감긴 탄식에서 햇살에 맺힌 안식에서 나는 네 눈빛을 읽었다

네 모든 것이 나는 슬퍼서 기뻐서 또 한참을 멍하니 있었다 그날로 되감긴 선명한 자국을 비워내고 싶어서 그렇지만 놓고 싶지 않아서 한 줌 가득 쥐고서 그렇게 잔상을 쥐고서 가만히 있었다

날 놓을 수 없다는 너의 그 지긋한 관성이 미련처럼 들러붙었다 그래서 울었다 너를 지워내고 싶어서 그렇지만 고스란히 접어두고 싶어서, 아름다운 꿈은 조각난 잠에 그치고 온몸을 미친 듯이 문질러서 번진 자국이 온통 얼룩덜룩해졌다 아아 흑연은 아니었구나 허탈한 웃음을 흘린다

시퍼렇게 날이 선 보라색 펜촉은 아프다, 날카로운 연필보다도 서늘한 바늘로 쿡쿡 박아넣는 잉크 방울방울이 피부 아래에 스믈스믈 기어 다니면 지우개로도 물릴 수 없는 외침을 그대로 적어 내려갔다

그럼에도 불구하고

언젠가부터 가슴을 울린 말이다

포기하지 않는 다리와 극복의 심장
여덟 자에 모든 의지를 결연하게 비추는
강한 자들을 위한 주문

먼발치의 네가 못 박아두었다
공책 한 켠
핀이 꼽힌 게시판
벽걸이 액자
아니, 그보다도 중요해서
판자에 새겨 박아두었다

쾅쾅 울려서
'나'를 기어이 일어서게 하는

언젠가부터 가슴에 못질 소리를 울린 말이다

400922

안녕, 좀 쌀쌀하네.
난 가을 감기를 앓고 있어.
입을 열어도 목소리가 나오지 않아서, 슬픈 이가 적은 어느 이야기의 주인공이 된 것 같아.

올해는 가을이 빨리 왔어. 여름이 빨리 간 걸까?
해가 점점 일찍 져서 시간이 훌쩍 달리는 밤의 문이 열렸어.
목이 부어서 미처 하지 못했던 말을 떠올리게 돼.

방을 새로 꾸미고 있었어.
다정한 도화지 한 장에
꼭 이런 날에 너와 함께 웃을 수 있어 즐거웠던
그날을 그리고 있었어.
나밖엔 잘 들어오지 않지만, 네가 와주길 바라면서.

이 짧은 글은 그날을 위한 초대장이야.
언젠가 읽게 되면 노크를 세 번 해줘.

추위에 살짝 몸이 식어서 서둘러 들어가야겠다.
오늘은 따뜻한 차 한 잔이 필요할 것 같아.

411841

절대 뒤돌지 않는,
꿋꿋이 절반 남짓을 드러내는 너
그래서 언뜻 비친 흐린 눈빛에 더
덜컥 겁이 났었나 봐

유약한 그 등을 쓸어주려면
더 빨리 가야 하는데
미안해, 지금은 사실 지쳤어
잠시 무릎을 빌려주지 않을래

오늘 밤은 추억을 베고 잘게
내일 꼭 걸음을 재촉할게
울지 못해 가물은 뒷모습, 닿지 않는 숨결에
한 줌 바다 같은 발걸음을 보낼게

123

사실은,
눈이 감겨 더는 못 가겠다

이내 떠올린다
눈을 감지 않는 항성과
거친 날에 강해진 뿌리를

그리고,
그 태동에
누군가의 애타는 외침과
가장 깊은 눈의 영혼이 있음을

나의 바라는 바는 무엇인가
가장 깊은 곳의 나를
보는 아이

구두의 풀린 끈을 고쳐맨다

관객

무슨 말을 해야 할까
무슨 말을 할 수 있을까
무엇 하나 용기 있게 해내지 못한 사람인데

머릿속에서는 죽음의 무대가 펼쳐지곤 한다
주인공인 너
몇 번이고, 훌륭한 연기를 선보인다
어떻게 해야 가장 가슴 아플지를 아는 배우처럼

무대에 난입해
아직 온기가 가시지 않은 몸뚱이를 붙들고
몇 번이고, 아이처럼 온몸으로 흐느낀다

그래,
예컨대 가장 놀려먹기 쉬운 관객인 것이다
장치도 소품도 없이 그저 각본뿐인 싸구려 연극에도
눈물을 흘리는-

파도

너는 당연하다는 듯이 섰고
기억 속에서 뒤틀리고 왜곡되어
훨씬 더 빛나는 사람, 다시는 잡을 수 없는 사람이 되어 있었다

보답 없는 감정 기약 없는 기다림
지긋지긋하다
구역질이 난다

어느 시인은 '잠겨 죽어도 좋으니 너는 물처럼 내게 밀려오라'라고 하였던가
그러나 그 가운데 한가로이 잠겨있을 수가 없었다
감싸는 계절과 물의 흐름이 나를 끌어낸다

깊숙이 스며 뚝뚝 흐르는 너를 떨고 일어남은
죽음처럼 괴로웠으나 피할 수 있는 일이 아니었다

평범하게 나를 괴롭히는 고독과 그 가운데 밀려드는 허탈함은 애석하게도 내게 두 눈 부릅뜨고 싸워내야만 하는 지긋지긋한 적이었으니,

눈 가린 달만이 뒤척이는 고요한 새벽
온몸의 가죽을 벗겨내어 무척이나 연약해진 살점 위로 또 다시 파아란 네가 밀려온다
바다 내음이 차가운 가시처럼 파고들어 피부가 비명을 지른다
손 하나 꼼짝할 수가 없다
그럼에도, 아픔을 삼키고 물살을 헤친다
고개를 내밀고 정신을 가다듬는다

나는 아직 잠겨 죽을 수가 없다, 더는 내게 밀려오지 말아라

세수

맑은 물웅덩이에 얼굴을 파묻고 남아있던 꿈 부스러기를 털어낸다
아침이 오면 바스러지는 조각난 개연성과 수면 아래의 바람이 차가운 물에 떠밀려 내려간다

초신성의 폭발과 바늘 같은 후회와 뿌옇게 낀 조급함은 이제 잊으렴
오늘은 오늘만의 새로운 꿈을 꿀지니.

알고 당하는 독살

끔찍하게 그리운 너를 맥박 안에 넣고 갈라서 만든 오늘의 식사

자, 입을 벌려 봐
얄팍한 목소리로 차갑고 다정하게 선포한다

고동을 쥐어짜서 뚝, 뚝 흘려 넣고는
삼킬 때까지 고개를 젖히게 한다

따라 해보세요, 내일은 오늘의 싸구려 복제품일 뿐
복제품일 뿐
그러니 죽죽 색을 칠해 침을 뱉어버리렴
침을 뱉어버리렴

시간은 있었어, 미치지 못해 낭비해버렸을 뿐이야
병명은 그믐달 증후군입니다
이미 심장까지 독이 퍼졌어요
이렇게 될 때까지 뭘 하셨나요?

그래서 난 펜 끝으로
혈관을 펑, 터뜨려
보란 듯이 아집을 게워냈다

고양이

모든 것을 포기하고 싶을 때
너를 떠올린다

네가 떠오르는 날이면
모든 것을 포기하고 싶다

어느 학자가 말장난으로 가둬버린
고양이 같은 사람

밤의 소리

구르는 방울
똑, 똑

흐르는 방울
뚝, 뚝

무얼 기다려 자지도 않고
속눈썹을 간질이나

저벅저벅
젖은 구름 궤도 소리

철썩철썩
등불 일렁이는 소리

밤이 떠나는 이의 파동으로
가득 차 있다

어느 계절 어느 나무

파아란 계절이 끝난 지도 오래되었다
나를 감싸고 있던 너를 하나씩 놓는다
잡고 있던 손을 놓고 안고 있던 너를 떨쳐낸다
나의 전부가 중력과 함께
아래로
아래로
추락한다
정말 하고 싶은 말은 하지 못했다
대신 미안하다 말한다
함께는 시린 겨울을 이겨낼 수 없으니까
놓지 못해 자멸하면 널 보기가 두려워질까
사실은 이미 텅 빈 두 팔이 시리다
그래서 낙엽을 떨구는 연습을 했다
성장을 위해
우리의 겨울을 위해
하지만 마음으로는, 놓지 않았다
아직은 차가운 봄이 불어올 때
선명히 남은 네가 희미하게 손끝에 스치면
그맨 다시 손을 잡고 놓지 않을 준비를 한다

여름의 일

그치, 여름이었지
왜 일이 일어나는 건 항상 여름일까
구름이 뒷덜미를 잡아서, 아지랑이가 짓궂게 발을 걸어서, 소나기와 갑작스레 눈이 마주쳐서, 도망칠 수가 없었지

해바라기가 피어있었던 것 같아, 갈 곳 잃은 눈동자를 굴리다가 머무른 곳에 있던 노란 그림자가 아른아른거렸거든
내 혀에 콕 박힌 바늘처럼 발뒤꿈치를 살살 들고 자박자박 따라오는 물그림자는 기척을 숨기려는 노력조차 없었다
그래서 궁금했어 여름의 신맛은 왜 나를 그토록 괴롭혔을까

빗방울이 톡, 톡, 톡 하고 서글프게 네 콧등을 두드린다
할 말이 있었던 것처럼, 그러나 눈을 마주치지 못했어
나는 멋쩍게 웃었고 웃음은 이윽고 가늘게 사그라들었다
그 웃음을 아직도 후회한다

가느다란 물방울에 맺힌 진심과 터져 나오는 로즈메리의 향기는 앞만 바라보는 빛의 그림자 속에 근원이 없는 파동을 안겼다
많은 생각을 했다 그러나 이야기하지 않았다

너는 그날 입은 옷을 기억해?
호수의 윤슬이 탄성을 자아내는 그 뜨거운 공기 속 아무 말도 할 수 없었던 텁텁한 발걸음을 기억해?
수많은 추억이 담겼던 그 들판에 남겨진 수만 가지 구름 목이 쉬도록 울음을 흘리는 들풀에 밴 끝나지 않는 푸름 푸름이 너의 발목을 잡아 이끌어 사라질 듯 투명해진 심음과 흐릿해진 라벤더 향기와 나부끼는 머리카락 그 속의 끝내 말할 수 없어 묵음에 그친 한마디 여름을 기억해?

왜 일이 일어나는 건 항상 여름일까.

그 계절

여름이 가고 있다
빠른 속도로 멀어져 간다

가는 여름은 가쁘다
복잡한 실에 엉켜 있다
여름은 슬픈 계절이다

여름은 이기적인 계절이다
왜 자기 맘대로,
고개를 들면 이미 떠나가는 시간이다

초여름의 장마는 이상하게 다정하고
한여름의 열기는 이상하게 고요하고
늦여름의 바람은 이상하게 애틋하다

다정하게 등을 두드리고,
고요하게 시선을 잡아끌고,
애틋하게,

제발 날 떠나지 마

여름이 올 것이다
언제가 될지는 모르겠다

여름, 거울, 겨울

낭떠러지를 걷고 있습니다
가리워진 한 걸음 한 걸음
발을 잡아 끌어내리는 아슬한 길을 딛고 있습니다

막연한 희망의 때에
갑자기 성장통은 찾아왔습니다
여름이 때를 알고 숨었습니다

난 겨울이 매서워서 안간힘을 썼습니다
이름이 무거워 그에 맞는 울음을 울었습니다
그날로부터의 발버둥은
죽음을 말하던 이가 바란 생명이었을지도 모릅니다

유일한
아득하던 소리가 있었습니다
사자와 별과 죽음이 없는 새의 날개에 대한 노래가
잃어버린 이를 찾고 있었습니다

아무것도 놓을 수 없었던 것은
웅웅대던 소리에 사실은 같은 간절함이 담겨있다는
그런 생각이 들어서였습니다

문득, 거울을 보니
어느새 키가 약간은 자랐습니다
아이였던 우리가 조금은 어른이 된 내가
그대에게 전하려 이렇게나마 편지합니다

이 길에 걸음을 멈추지 않음은
겨울바람에 지기 싫은 마음이며,
보이지 않는 전쟁 가운데
아직 내게 영원한 여름을 바라고 있기 때문입니다

감바스 알 아히요

감추었던 나의 별이
바람에
스치운다

알고 있지만 차가운 별을 끌어안을 수는 없었다

아스라이 먼 하늘의 심연은
히죽댄다 나를 비웃는 것이다
요동치는 마음은 태연하게 흘리던 피를 닦는다

녹차 케이크

녹슬어 무딘 창이
차갑게 마음을 꿰뚫었다

케르베로스의 입김같이 불안한 공기의 떨림은 시선과 공명하여 그대에게 들풀과 같은 시선을 던졌다 네가 쥐여주던 캐러멜, 주머니 안에서 녹아 끈적하게 들러붙었어 그런 시답잖은 말을 떠올리게 했다

인제 와서 우리에게 캐러멜 같은 시대가 있을까, 꿈결같이 차분하고 담담하게 잔혹한 말을 던지는 네게 언젠가 했던 그 약속이 남아 있을까

크게 입을 벌린 틈이, 달콤한 그대의 씁쓸한 절벽이 되어 비정한 미소를 지어 보였다 무엇으로 메꿀 수나 있을까 진심을 굴려 던져도 부딪혀 메아리칠 뿐인 그 공간을 닦아 붕대 감아 줄 이가 있을까 묻고 싶은 그런 날이었다

샌드위치

샌들 신고 타박타박 걷는 백사장 한 장
날씨가 좋아서 다행이라며 웃는 뒷모습 아래 부서지는 짭조름한 하늘 한 꼬집
햇빛이 강해도 그보다 더 반짝이는 머리카락은 풋내가 난다
안녕, 다시 나야
작은 눈인사로 답한다

드넓은 풍경화 한 토막이 너울너울 흔들린다 일정한 간격으로 물그림자가 부르는 말이 안심이 된다
물이 아주 파랗지는 않았다
그러나 흐늘하고 옅은 미소가 언뜻 걸리고 말았다

위로하는 듯 날아드는 갈매기 날갯짓 안아오는 바람의 손짓
조용한 하늘에 맞닿아 울렁이는 방울 빛
두 손 모아 쥔 꼬마의 눈부셔서 찡그린 얼굴에 걸린 끝나지 않을 계절의 꼬리 무거운 졸음이 쏟아져 웅크린 다리 굴레를 끊어내는 학자 같은 손
그리고 작은 유리병 같은 마음

치켜뜬 눈은 언젠간 닿을 수평선 너머의 숨을 쉬고 싶었다
하염없이 바라봤다 나부끼는 꽃의 이름을 곁들인 말 없는
편지 한 조각을 바다 몰래 띄웠다
네게 전할 말을, 아직 다 모으지 못해서 조금만 기다려
달라고

청포도

1.
청오이가 열리는 밤이었다
유난히 날벌레가 웅웅거렸다
열어놓은 창문으로는 갈 곳 잃은 어린 시절의 우리가 노크를 하던, 짧은 소매를 팔락거리던
서랍 한 칸 한 칸을 계단 삼아 창틀에 걸터앉아 꼭 이와 같은 날에 만났던 너를 떠올렸다
작은 것에 놀라워했고 뜨겁게 달궈진 돌길 위에 땀방울을 반짝이며 노래 한 소절에 웃을 줄 알았던 가슴은 방에 돌아가 꼭 그를 닮은 편지 한 줄을 적어 보내곤 했다
그 첫말은 이렇게 시작한다
안녕, 또 나라서 실망했니?

2.
포자가 그늘을 후 불어넣은 나무 아래 발이 멈췄다
듬성듬성 핀 불안을 보고 안부를 적어야겠다 결심한다
그러나 더 이상 편지에 쓸 잉크가 남아있지 않았다
잉크가 없어서 편지를 쓸 수 없었다
그뿐이었다
그래서 맺힌 마음이 툭,
눈동자를 짓눌러 네가
방울

방울
떨어졌다
눈을 씻어내고 싶었다
앞이 보이지 않아 며칠이고 누워있었다
잉크로 온 방 안이 얼룩져도 발이 묶여 어찌할 수 없는 내게
녹빛 노스텔지어가 웃으며 말을 걸어왔다
어때, 이제는 쓸 수 있겠니?

3.
도서관엔 책이 즐비하다, 당연하게도
한 권씩 뽑아서 읽을 때마다 바닥이 깊이를 알 수 없는 늪이 된다
마무리 지어진 책은 없다 그러나 모두 너에 대한 이야기였다
저자는 스스로의 눈을 바라보지 못하는 자
잉크가 부족해서 결말은 없었다
눈을 떼지 못하고 울었다
자리에서 일어나자 노란 햇빛을 머금은 먼지가 풀썩였다
햇빛에 쪼개진 먼지 파편에 도글도글 네가 모여있었다
무한대로 반사되어 바라본다 바라본다 바라본다
끝없이 모여 분열하는 절제된 수학자의 눈동자가 맺히질

않길 바랐던 그날의 방울 방울들이 모였다가 흩어져 끝없이 산산조각나는 작고 달콤한 물방울 속 너.
너.
너.
안녕? 안녕?
안녕? 안녕? 안녕? 안녕? 안녕?
안녕.
나 사실은-

눈을 떴다

무화과 캄파뉴

무서웠니? 알아주지 못해 미안해
화가 났구나, 무엇이 널 화나게 했니?
과정은 숨고 결과가 비웃는 애매한 고난의 세상 속

캄캄한 밤이 덮인 동굴 깊숙이
파랗게 질린 꽃은 끝내 고개를 숙였다
뉴런조차 끊어져 움직일 수 없는, 슬픈 멍게의 삶

사과주스

사거리를 잘근잘근 씹어대는 얇푸른 추위가 올해도 찾아왔습니다. 이맘때면 늘 감기에 걸립니다. 무르익어 탐스러운 열매를 내는 나무와 달리 이다지도 연약하여 한 겹 껍질을 벗겨낸 심장을 찬 바람이 움켜쥐곤 합니다

과거는 벌레 먹었고 미래는 떫기만 한데 무얼 바라 현재와 싸워야 할까요, 기억나는 건 얼마 전 마주한 그대가 불현듯 어른이었다는 것뿐입니다

주석으로 된 무거운 가슴은 움직일 생각을 않았지만 심장만은 짓눌려 가장 달콤한 즙을 내었습니다. 와중에 단지 어른인 그대를 안을 수 없어 추웠다는 말은 너무 어리석을까요

스러져 가는 바람이라도 잡아 갈 길을 물었습니다. 바삐 흔적을 지우듯 낮은 침음을 듣습니다. 멈출 수 없는 두 다리가 가슴을 이고 아직 뜨거운 즙을 떨어뜨리는 소리만이 너울너울 깃을 흔들던 것 같은 기분이 듭니다

마시멜로

마치 배회하는 아이처럼, 감기는 눈을 억지로 여는 도망친
소동물처럼 보송하기 짝이 없는 솜털을 곤두세우고

시선 없는 허무와 손가락만 남은 공기로 비좁아진 폐를
비운다
이미 얼어붙은 서리가 두껍게 낀 배를 재촉했다

멜랑콜리를 붙들어 맨 웅덩이의 탁한 입김과
나와 흰 배를 부르며 날름거리는 왠지 모를 그리운 온기
에 손을 뻗고 싶었다

로렐라이여, 이것이 그대의 방식인가. 이 달콤한 향기여.
나를 잠기게 할 것인가
부드러운 노래에 목이 메어 무너져가는 배의 뒷머리를 잡
고 바닥없는 다정한 늪을 지났다
나 있던, 끄트머리 된 그곳으로

박하사탕

박자에 맞춰 돌아줘, 하나, 둘, 셋, 하나, 둘, 셋, 우리 사탕을 닮은 달빛 아래 해 뜰 때까지 춤추자 백야를 닮은 네 미소와 살그머니 막을 내린 연보랏빛 휘감긴 새벽녘 어지러운 풀밭에 드러누워 하늘과 땅이 하나 될 때까지 염려 없이 이대로 있자

하이얀 꽃봉오리가 '펑'하고 흐드러지게 피어날 때 우리는 돌아누워 비로소 눈을 마주하자 입안에서 굴리던 레몬 알갱이같이 달콤한 해가 떠오를 때 꿈결같이 눈물은 마르고 언제든 다시 춤출 것같이 아프지 않은 미소를 지어줘, 처음 것들은 나무 옆 개울에 흘려보내고

사실은 이제 괜찮아, 그 한마디를 말해줘, 다시는 슬프지 않은 그대가 보고 싶어 아니 그런 나를 보고 싶어서 이미 중천에 뜬 해 아래 이제는 그저 도망치지 않길 바라는 작은 박동이, 그림자 지지 않기를 바라서 맨발로 땅을 톡톡 두드리며 말하는 작은 바람이 불어와 선연한 바스락거림에 얼굴을 찡그리기는커녕 기다리고 있었다며 두 팔을 벌린다

'탕'하고 땅을 박차면 전에 있지 않던 깔깔 웃는 고양이의 일렁임이 보고 싶다 레몬을 닮은 햇빛 아래 쨍하던 색채

와 유화같이 강렬하던 속삭임을 듣고 싶다 지지 않는 해 아
래에서 언제까지고 춤추는 우리의 궤도가 영원이 될 때 마
지막으로 울고 싶은 만큼 울어버리고 너라는 열매의 두 볼
이 익은 듯 발그레해져 땀방울 반짝이는 그날까지 목이 터
져라 그 보랏빛 아이의 이름을 부르고 싶다

오준희

『나는 아직 그 꽃의 이름을 모른다』

시인의 말

제 시를 읽어주실 분들께 감사하는 마음으로 펜을 듭니다.

시집을 적다 보니 참 부족한 글을 써왔다는 생각이 많이 들었습니다. 감사한 인연을 만나, 시인이라는 이름을 달게 되었지만, 아직 한참을 부족한 사람이라고 생각합니다. 첫 시집에 부족한 글들만 싣게 되어 아주 부끄럽지만, 지금은 그저 부족한 대로, 부끄러운 제 시를 보여드리려 합니다.

이번 시집에는 꽃과 봄이라는 막연히 아름다운 단어들로 작게나마 제 봄을 적어드리고 싶었습니다. 제 계절은 아직 겨울쯤을 지나는 것 같지만, 이 책을 읽으시는 독자님들께는, 잠시나마 봄이 닿았으면 좋겠습니다.

꽃의 이름

나는 아직도 그 꽃의 이름을 모른다
그저 피어났다 저버렸다는 것을 기억할 뿐
나는 아직도 그 꽃의 이름을 모른다
코를 간지럽히던 옅은 향도, 눈앞에 아른거리던 꽃의 색채도
선명히 기억하지만, 나는 아직도 그 꽃의 이름을 모른다
그저 그리워할 뿐

장미

언젠가는 내가 널 다 안아 줄 거야
네게 박힌 가시가 내게로 박혀
너라는 꽃이 다시 빛날 때까지
아프고 또 아파도, 언젠가는 내가 널 다 안아줄 거야
내 품에서 네가 다시 피어날 때까지

민들레

노란 꽃잎은 말이 없었지만 나는 알고 있었다
언젠가는 희게 옅어져 바람에 흩날려갈 꽃잎임을
알면서도, 알면서도 나는 그 꽃을 사랑할 수밖에 없었다
언젠가 뿌리만을 남긴 채 내게서 떠나가도
다시 돌아오지 못한다는 걸 알면서도 그때도 널 사랑할 수밖에

그 봄날의 이름

언젠가 나에게 그날의 이름을 묻는다면
나는 봄이었다고 대답할 테다
언젠가 나에게 그날의 의미를 묻는다면
나는 또 봄이었다고 대답할 테다
언젠가 나에게 그날의 감정을 묻는다면
나는 변함없이 봄이었다고 대답할 테다
언젠가 나에게 그날의 나를 묻는다면
봄에 피어났던 꽃이었다고 대답할 테다

흐린 날

흐린 날 피어난 그 꽃은 참 질리게도 아름다웠다
가만히 바라보기에도 심장이 뛰어 눈을 감을 만큼
어둠 속에 빛나던 별처럼 아름다웠다
어두워진 나를 비추고 남을 만큼,
가장 흐린 날 피어난 그 꽃은
찬란하게 아름다웠다

계절의 기억

언젠가 봄바람에서 네 향기를 맡으면
그저 눈을 감은 채로 너를 기억할게
피어나고 저물어 가던 그 시간들을
그 계절들을 조용히 추억할게
작게 피어난 밝은색의 꽃잎부터, 지는 날까지 향기로웠던
꽃내음까지
잊지 않고 너를 기억하다, 봄비에 함께 씻겨 보낼게

중독

그날 피어난 장미는 지는 날까지 향기로웠다
가시에 찔리고 베여도 품에서 놓을 수 없을 만큼
짙은 향에 머리가 어지러워도 네 향을 찾을 만큼
어둡게 저버리고 메말라가도 잊을 수 없을 만큼
그날 피어난 장미는 지는 날까지 지독하게 향기로웠다

뿌리의 마음

저물어 가는 봄날과 함께 저버려도
내가 꽃임을 보여주었으면 그걸로 되었다
향기를 잃어도 꽃은 그저 꽃이며
잎이 다 떨어져도 꽃은 그저 꽃이다
오래 지나지 않아 메말라 가더라도,
푸르던 색을 잃고 뿌리만 남더라도
내가 피어날 수 있음을 보여주었다면
나는 시들어 버린 꽃이 되어도 괜찮다
꽃은, 그저 꽃이니까

밤과 봄

밤이 되면 꽃처럼 피어나는 네 생각들은
밤새 너를 그리며 피어나 나를 일렁이게 만들다가
아침이 오면 다시 꽃처럼 시들어 사라지겠지
아픈 향기를 지닌 꽃이더라도, 언젠가는 시들어 사라지겠지
밤은 봄처럼 짧고, 나는 다시 새 계절을 맞을 테니까
지금은 그저 피어나도 괜찮다 아직은 나의 밤도 봄이니까

착각

아름다운 그 꽃은 나를 위해 피어난 게 아니었다
꽃은 모두에게 아름다웠을 뿐인데, 나는 어리석게도
나를 위한 향기인 줄 착각하며 꽃만을 바라보며 살았다
꽃은 그저 피어났을 뿐, 나를 바라본 적도 없건만
나는 어리석게도 내게 피어난 꽃이라 믿고 꽃향기에 취해
살았다
시들어 가는 그날까지도 꽃은 나를 바라보지 않겠지만
나는 또 꽃향기에 빠져 꽃을 바라보고 서 있었다

아픔을 빌리다

가슴이 아려오는 말들을 내게 주세요
당신의 아픔을 내게 잠시 빌려주세요
나는 당신의 그 말들을 빌려 내 안에
잠시 채워두었다가, 당신의 아픔이
나의 아픔이 되었을 때즈음,
옅은 미소와, 작은 손길로 당신을 위로할게요

아픔을 쥔 손으로

너는 아픔을 손에 쥔 채로 나를 빤히 바라봤다
밤을 품은 듯한 눈동자와 말을 잃은 텅 빈 입술로
그저 가만히 나를 바라보고 서 있었다

안으려 하는 나를 밀치는 네 손에는 분명 아픔이 쥐어져 있었다
혼자서 안고 있던 그 아픔을 손에 꼭 쥔 채로 너는 나를 바라봤다
내게 아픔을 주지 않으려, 손에 아픔을 꼭 쥔 채로 나를 밀어냈다

바람이 우는 소리

한없이 슬픈 날에 바람이 귀에 스쳐 울면
그 아프고 서러운 소리에 귀를 댄 채로

내 울음소리를 숨긴 채로
그저 바람이 우는 소리로 가슴을 채우고

슬피 우는 바람의 소리로
내 슬픔을 애써 가려내고, 지워가며

바람의 소리가 멎어갈 때쯤
바람 소리에 묻혀있던 내 울음소리를 들으렵니다

이름 모를 너에게

너의 이름을 모르는 나는
너를 사랑하면서도 너를 부를 줄 몰라,
그저 너를 바라보며 마음을 삼켰다

언젠가 너의 이름을 알게 된 나는
목놓아서 너를 부를 수 있을까,
아니면 그저 다시 너를 부르지 못할 핑계를 찾아
부르지도 못할 너를 평생 사랑해야 할까

언젠가 들었었던 너의 이름을
기억 속에서 살짝 덮어둔 채로,
오늘도 너를 부르지 못한 채, 그저 바라만 보고 있다

꽃밭에서

그대를 그리던 꽃밭에서, 이제는 그대를 그리워합니다

가득 피어났던 꽃들이 시들어가고,
이제는 꽃이라 부르기에 민망한
마른 가지들만이 가득 메운 꽃밭에서,
그 메마른 가지 또한 꽃이라
스스로를 속이며 그대를 부르고 있습니다

꽃이 사라지기 전까지는, 그대를 그리워 할 수 있을 테니,
봄이 끝나지 않기를 빌며, 아직도 그대를 그리워하고 있습니다
아직 이곳에는 꽃이 남아있고, 내 봄은 끝나지 않았으니
아직은 그대를 그리며 울지 않으려 합니다

그저 천천히 봄의 끝을 잡고 그대를 그리워하다,
언젠가 꽃이 지고 그 자리에 그림자가 드리우는 날
조용히 숨을 죽인 채로 글썽이다, 삼켜지지 않는 슬픔이
나를 뒤덮어 올 때, 죽어버린 꽃밭 위에서
두 팔을 내린 채로 목놓아 울겠습니다

잔향

사실은 이미 알고 있었어,
떠나가고 있다는걸

그래도 그렇게 아름다웠으면서
그리워할 마지막도 없이 떠나면
나는 어떻게 너를 그리워하겠어

한마디 말없이 떠날 거라면
향기라도 주고 가지 그랬어

봄이 끝나지 않은 듯

봄이 영원할 수는 없다는 걸 알고 있었음에도
나는 왜 봄을 보내지 못해서 울고 있을까

언젠가 끝이 나는 것이 계절임을 알고 있었음에도
그저 끝나가는 봄이 밉고, 남겨지는 내가 서럽다

계절이란 다시 돌아오는 것을 알고 있었음에도
혹여 영영 떠나 버릴까 걱정하며 주저앉은 내가 바보 같다

어차피 봄은 돌아올 테니까, 바라지 않아도 돌아오던
끈적였던 여름처럼, 추웠던 겨울처럼, 봄도 다시 돌아올 테니까

나도 이제는 그저 슬피 울지만은 않으련다
봄이 끝나지 않은 듯 춤추자, 얼마 남지 않은 계절과
몇 잎 남지 않은 꽃을 못 본 척 그저 바보같이
봄이 끝나지 않은 듯, 봄이 끝나지 않을 듯 춤추자

청춘

살아가는 나와, 죽어가는 나
같은 시간 속에서 달리 변해가는

피어 가는 나와, 시들어가는 나
같은 시간을 공유하며, 다른 길을 걷는

걸어가는 나와, 멈추어가는 나
같은 곳에서 출발하여, 다른 끝을 맞이하는

수십 번을 피어나고 수백 번을 시들어가는
나의 작고 아픈 봄, 청춘

꽃밭에 누워

그대와 걸었던 작은 꽃밭에 누워
그날의 구름을 다시 세어봅니다
새하얀 구름은 내게 말이 없지만
드리운 구름에 다시 물어봅니다

향을 잃은 꽃밭에도 봄이 올까요
젖어버린 땅 위에도 볕이 들까요
흐린 날이 지나가면 봄이 올까요
구름들이 흘러가면 볕이 들까요

언젠가 그 꽃이 다시 피어날 때면
한 번 더 꽃밭에 누워
구름을 구름을 세렵니다

봄을 찾아

지나간 계절이 그리워 또 봄을 쫓으려 하네
가만히 두면 돌아올 계절을 나는 구태여 쫓으려 하네

눈이 녹으면 언젠가 다시 돌아올 것을
나는 다시 너를 찾아 눈밭을 거니려 하네

무모하고 벅찬 마음으로

저물어가는 너에게

잎이 없어도 괜찮아 그저 너라면

향기를 잃어도 괜찮아 그저 너라면

네가 꽃이었음을 내가 기억할게

다시 피어나지 못한대도 괜찮아 그저 너라면

몇 개의 계절이 지나가도, 꽃이라는 이름마저 잃어도

네가 꽃이었음을 내가 기억할게

발걸음

떠나는 이의 발걸음을 잡을 수는 없었지만
그저 떠나간 발자국에 발을 맞대어 놓고
바보 같이 따라 걸어보며, 기다려 봅니다

떠나는 것은 떠나간 이의 마음이지만
기다리는 것도 기다리는 이의 마음이니
그저 여기서 그대의 발자국을 보며 기다리고 있겠습니다

떠나가지 말라고 해도 떠나간 당신처럼
기다리지 말라고 해도 나는 기다릴 겁니다
떠나가던 발자국이 다시 내게로 돌아오는 날까지

시간

내일 만나자는 그 말 내가 지킬 수 있을까
우리는 내일도 서로를 바라볼 수 있을까
그저 사랑하는 이 마음이 내일의 우리에게도 있을까

내일의 나도 오늘처럼 그저 너를 사랑할 수 있기를
항상 내일을 살아가는 내가 너와의 내일을 그릴 수 있기를
그 어떤 시간을 걸어도 항상 옆에 네가 있기를

그날 1

내 눈에 맞춰 웃으며 사랑하냐 물어오던 너에게
늘 그렇듯 웃으며 대답해줄 수 없었던 그날

가슴에 머리를 댄 채 따뜻한 손으로 내게 안기던 너를
언제나처럼 안아줄 수 없었던 그날

그날도, 그저 평소와 같은 날이었다면, 늘 그랬듯이
너를 안고, 웃어주며, 사랑을 말해줬으면

우리 조금은 다른 날들을 맞이했을까
오늘의 우리는 그날처럼 함께였을까

그날 2

늘 똑같았던 너를, 똑같이 대해줄 수 없던 그날
그날로 돌아가, 다시 너를 안을 기회가 생긴다면

아니 그날이 아니더라도, 너를 다시 안을 수 있다면
너의 웃음을 다시 볼 수 있다면, 다시 그날처럼 대하지는 않을 텐데

네 눈에 맞춰 웃으며, 따뜻하게 너를 감싸 안고,
작게 사랑을 말하며 그날을 보냈다면…

돌아오지 못할 그날에 대한 후회만이 나를 잡아
아직도 그날의 기억에서 아침을 맞이하는 나

자기만족

우리, 꽃도 별도 아니지만
그저 아름답게 살아갑시다

꽃이라고 부르기에는 향기롭지 않지만
별이라고 부르기에도 눈부시지 않지만

코를 가득 채울 만큼 향기롭지 않아도
그저 서로에게 서로의 향이 닿는다면

어두운 길을 밝힐 만큼 빛나지는 않아도
그저 서로의 눈이 서로를 비추며 맞닿는다면

서로의 밤이 어둡지 않게 비추며
그저, 우리만큼만 아름답게 살아갑시다

밤이 아닌

밤을 맞이한다는 건
어쩌면 그리 슬픈 일만은 아닐지도 모릅니다

저물어가는 노을을 보지 못했어도,
어두워진 밤하늘에 작게 걸린 별을 보며
서로가 함께 하루를 끝마칠 수 있으니

힘들었던 하루와 내일에 대한 걱정을
서로의 앞에 내려놓은 채, 그저 함께 잠이 들 수 있으니
밤을 맞이하는 일이 꼭 슬프지만은 않을 수도 있습니다

슬픈 건 밤이 아닌 외로움이고, 무서운 건 어둠이 아닌 공허함이니
우리가 함께 있는 밤은 그리 슬프지는 않을 겁니다

전화

힘든 하루를 보낸 너에게

혹시 슬픈 하루를 보냈다면 조용히 내게 전화를 걸어요
큰 위로를 전해주지 못해도, 조용히 전화를 받은 채로

당신의 하루를 들으며, 잠깐의 침묵과 공백으로
힘든 하루를 이겨낸 당신을 위로할게요

그러니 혹시 슬픈 하루를 보냈다면 내게 전화를 걸어줘요
밤이 끝나고 아침이 돌아올 때까지도 작게, 조용하게, 그대를
위로할게요

가을 체감

바람이 손끝으로 닿고
괜스레 하루가 지루해지고
하루가 끝나는 게 아쉬워지고
혼자 맞이하는 밤이 싫어지고

너를 다시 그리워하는 걸 보면
이제 정말 가을인가 보다

계절

우리의 계절은 지금 어디쯤을 지나고 있을까
흐릿해진 날씨에 나는 계절감을 잃은 듯 헤매고 있어

우리의 계절은 이제 따스하지도, 뜨겁지도 않은데
새하얀 눈조차 없는 이 계절은 어디쯤일까

차가워진 날씨에도 계절감을 잃은 듯이
옷도 여미지 않은 채 아직도 계절을 찾는 중이야

아직은 낙엽이 다 물들지 않았으니,
우리의 가을은 아직일 거야

어쩌면 봄이 끝나지 않았을 수도 있잖아
어쩌면 조금 추운 봄일 수도 있잖아

그러니 나는 여기 남아 마저 헤매고 있을게
돌아와서 내게 말해줘, 우리의 계절을

잠식

나는 네게 잠식되어
천천히 나를 잃어가고
나의 하루를 잊어가고
내 하루는 어느새 너로 뒤덮여
이제는 빠져나올 수 없네
네가 없던 날의 하루를 잊어버린 나는
다시 너에게서 벗어날 수 없겠지
그저 너에게 잠겨, 매일 너에게로,
너의 수면 아래로, 잠식되어 간다

계절감

벚꽃이 길가 가득 메워진 봄에 피어나고 싶다던 너는
낙엽이 붉게 물든 가을이 되어서야 피어났다

낯선 계절에 피어난 너는, 익숙한 향기로 나를 불러
내 발걸음을 멈춰 세웠고, 나는 너를 지나치지 못했다

지나친 계절만큼 오랜 시간을 버텨 피어난 너는
고운 잎과 향으로 나를 속여, 봄에 살아가게 만들었다

계절을 지나쳐 피어난 너는, 내게 새로운 계절을 주었다
내가 지금 살아가는 계절이 어디인지도 알 수 없게

가을을 걸어가던 내게 추운 봄을 안겨주고,
또 봄이 찾아올 때쯤, 내게 따뜻한 가을을 남겨주고 떠나갔다

가을이라 불린 그해 계절은 분명 내게 봄이었다
네가 내게 선물해준, 춥고도 화사했던 봄이었다

긴 밤을 걷는

밤이 길어질 때면 눈을 감은 채 조용히 나의 밤을 걷습니다
그 밤에는 그대도 없고, 그대의 온기도 남지 않아
차가운 이슬 섞인 밤공기만이 나를 감싸지만
그래도 조금은 더 걸어보려 합니다 그대가 떠나간 나의 밤을요

멀리 떠난 그대를 쫓아 밤을 걷다 보면,
언젠가 그대가 두고 간 아픔도 마주칠 수 있을까요
혹시 그렇다면 내가 그 아픔을 주워 담아
그대가 떠난 나의 밤에 고이 걸고
그대에게 말해주고 싶습니다

당신의 아픔은 내게 잘 남아있다고
걱정하지 말고 그저 웃으며 떠나가라고

새벽을 떠다니는 조각처럼

나의 밤이 새벽을 헤엄쳐가다, 작은 부표에 닿을 때면
부서진 마음의 조각을 주워 꿈을 한 편 만듭니다

그 꿈에는 당신도, 나도 없이 덩그러니 놓인,
두고 왔던 우리의 마음들이 또 나를 부릅니다

온기에 쌓인 우리의 마음이 아직 식지 않아서
나의 밤이 자꾸만 길어지게 만드나 봅니다

이름 모를 마음을 쥔 채로, 끝이 없는 밤을 걷다 보면
어느새 두고 왔던 그 마음의 이름을 떠올립니다

'미련'
또 한참 동안 길을 걷던 나는 조용히 마음을 내려놓은 채
다시, 긴 밤을 걸어 나가 아침을 맞이합니다

응시

무슨 말을 해야 할지 몰라서
어떻게 표현해야 네게 닿을지 몰라서
쌓여버린 마음만 바라보다가
그저 너를 안고, 그저 너를 바라보고

수많은 말들과, 셀 수 없는 마음을 담은,
그저 한 번의 눈짓으로 나는 너를 응시했다

덧칠

무심히 적힌 너의 이름 위에
내 이름을 살짝 포개어 적고
살며시 바라보다, 또 눈물짓는
아프고도 따듯했던 우리의 시

구원

그대 떠나며 남겨준 구원은 내 마음에 남아
떠나간 그대를 좇아 아프게만 하네

아프게 두기엔, 내 마음이 불쌍해서
그저 좇게 둡니다, 떠나버린 당신을

언젠가 돌아오지 않을 그대를 알고
더 불쌍해져 슬피 울겠지만

그대가 내게 준 구원을 잊을 수 없다면
그저 좇게 두어야겠지요

봄이 끝나는 날

봄이 끝나는 날이면 잠시 나를 보러 와주세요
나는 마지막임을 모른 채 그저 피어나는 중일 테니
그저 작은 시선으로 나를 스쳐 가주세요

차가워지는 공기에 놀라 움츠러들더라도,
작은 바람에 떨어질 듯이 흔들리더라도,
나는 봄이 끝나는 날까지 피어나 볼 테니

봄이 끝나는 날, 잠시 시간 내 나를 보러 와주세요
피어나지 못한 꽃이 아닌, 피어나고 있는 꽃으로
봄의 끝에서 그대를 맞이할게요

파도의 마음

나는 너에게 그저 파도이고 싶었다
이유 없이 네게 부딪혀, 부서져 가는
차갑지 않은 파도가 되고 싶었다

스쳐 지나가는 바람이 아닌,
부서져 남는 파도가 되어
크지도 작지도 않은 소리를 내며

온 마음을 다해 네게로 나아가
너에게 부딪혀 부서지고 싶었다
너가 나의 바다이길 간절히 바랐다

쉼표

네가 내게 적어달라고 했던 그 글에는
마침표를 찍을 수 없어 쉼표만이 가득하다

네게 주고 싶던 마음들과 줄 수 없던 마음들이
뒤죽박죽 엉켜서, 아직도 네게 줄 글을 다 적지 못했다

오늘 적은 글이, 내일의 네게 아픔으로 남을까 봐
마음속 단어들을 썼다가, 지웠다가를 반복하며,
오늘도 글의 끝에는 마침표가 아닌 쉼표를 찍는다

글을 다 쓰면, 정말 너를 보내야 할까 봐
오늘도 나는 쉼표를 찍는다

낯선 아침이 오면 숨길 꽃이 있습니다

초판 1쇄 인쇄	2023년 11월 14일
초판 1쇄 발행	2023년 11월 28일

지은이	이예준 재언 김새미 양희진 오준희

펴낸이	이장우
편집	송세아　안소라
디자인	theambitious factory
마케팅	시절인연
제작	김소은
관리	김한다　한주연
인쇄	금비PNP
펴낸곳	도서출판 꿈공장플러스
출판등록	제 406-2017-000160호
주소	서울시 성북구 보국문로 16가길 43-20　꿈공장 1층
이메일	ceo@dreambooks.kr
홈페이지	www.dreambooks.kr
인스타그램	@dreambooks.ceo
전화번호	02-6012-2734
팩스	031-624-4527

꿈공장플러스 출판사는 모든 작가님의 꿈을 응원합니다.
꿈공장플러스 출판사는 꿈을 포기하지 않는 당신 곁에 늘 함께하겠습니다.

ISBN	979-11-92134-55-0
정가	13,800원